I0555754

EL FANTASMA DE LA BRUJA PANNELL

UNA COLECCIÓN DE RELATOS CORTOS

MELISSA MANNERS

Traducido por
LORENA DE LA ROSA CARMONA

MELISSA MANNERS PUBLISHING

ISBN: 978-1-7396451-8-2 (eBook)
ISBN: 978-1-7396451-9-9 (Paperback)

A los habitantes de Kippax, que son la razón de que estas leyendas perduren

INTRODUCCIÓN

Esta es una colección de historias cortas basadas en Mary Pannell, protagonista de mi primera novela, *La Bruja Pannell*.

Por favor, ten en cuenta que una de estas historias, *Descendiente*, sigue el mismo argumento que *La Bruja Pannell*, ¡por lo que contiene spoilers!

Las historias sobre Mary Pannell han sido pasadas verbalmente de generación en generación, lo que ha hecho que haya varias versiones de su relato.

Desafortunadamente, con el paso de los años, se han perdido muchos de los registros que conciernen a Mary Pannell, incluidos sus registros de la corte. Los registros parroquiales de Kippax están disponibles online, y hay uno que puede confirmar la existencia de Mary Pannell. Nació en 1538, con el nombre de Mary Tailer. A sus veintiún años, en 1559, se casó con John Pannell, un año mayor que ella, y juntos tuvieron cuatro hijos, dos de ellas sobrevivieron hasta la adultez. Sus nombres eran Elizabeth, nacida en 1569 y Agnes, en 1575.

Según consta, Mary fue una criada o niñera en Ledston Hall, un antiguo monasterio que sirvió de residencia para la familia Witham. Los registros parroquiales confirman que la pareja que vivió allí fueron William Witham, nacido en 1546, y Eleanor Witham (de soltera Neale), nacida en 1552. Tuvieron once hijos entre 1573 y 1590, siendo la más conocida de ellos la dama Mary Bolles, nacida en 1579. El rey Carlos I de Inglaterra le concedió el título de *baronet*, y siendo ella la única mujer que había recibido ese honor, firmaba con *Baronetesse*. El segundo hijo más conocido de los Witham, William Witham, nació en 1588 y murió a los cinco años en 1593.

Mucha gente asegura que las autoridades arrestaron a Mary Pannell por brujería en 1593, pero hay varias teorías. Una de ellas cuenta que Mary era la amante de William Witham y que esta lo asesinó. Su esposa Eleanor, la acusó falsamente de brujería como venganza. Gracias a la influencia de la familia Witham, es posible que esto fuera la causa de que fuese condenada por brujería.

Otros dicen que tenía una reputación de sabia, que proveía de medicinas y remedios herbales a los vecinos. Algunas versiones de su historia dicen que uno de sus remedios resultó fatal. En particular, se dice que le suministró un remedio al joven William Witham, que tenía una tos horrible, pero que, en lugar de untar el remedio en el pecho del niño, por alguna razón, el niño lo ingirió, causando su muerte. Mary podría haber sido culpada por su muerte y habría sido arrestada en 1593.

No ejecutaron a Mary hasta diez años después, en 1603. Existen varias teorías de por qué hubo ese período

Introducción *vii*

de tiempo tan grande entre el supuesto arresto y su ejecución. Una de ellas es presentada en *La Bruja Pannell*.

No parece que ninguna de las historias se ponga de acuerdo en el lugar exacto de la ejecución de Mary. Es muy probable que fuera ahorcada en York, ciudad donde tuviera lugar su juicio, y que trasladaron su cuerpo hasta Kippax, quizás hasta la colina que lleva su nombre, para ser quemada. Sin embargo, no hay pruebas suficientes y, de hecho, bien podría haber sido ejecutada en esa colina.

La leyenda cuenta que el fantasma de Mary aún sigue vagando por esa zona. Hay quien dice que, si ves su fantasma, uno de tus familiares fallecerá pronto. Otros piensan que su fantasma es más como una presencia amigable, y que nunca le haría daño a los vecinos del pueblo al que una vez ayudó con sus remedios herbales.

Cada historia presenta una perspectiva única de la vida y muerte de Mary, a través de varias leyendas.

ALTERCADOS

Una agente de policía tiene una última oportunidad para investigar los extraños sucesos ocurridos en Pannell Hill.

¿Podrá, con la ayuda de los vecinos, encontrar la causa de los avistamientos, antes de que sea demasiado tarde?

1

ENCUENTRO

—**D**etective Payne —suspiró su jefe—, si no puedes controlar un altercado tú sola, ¿cómo esperas que te asciendan? —vestía un traje bastante elegante, pero desgastado, viejo, y su camisa estaba arrugada. A ella siempre le parecía que tenía cara de cansado, como si siempre estuviera listo para volver a casa. Pero hacía *años* que trabajaba en esto y no parecía que quisiera dejarlo.

—Por favor, señor —le contestó Amanda Payne intentando morderse la lengua—. Nadie me hablará seriamente sobre este caso. Todos me cuentan cosas extrañas. Ya llevo viviendo aquí varios meses y *aún* sigo sin entender este pueblo.

—Kippax es un lugar precioso y lleno de historia —le replicó él—. Si no puedes aceptarlo, creo que la culpa es solo tuya.

—No, señor... no pretendía... —sabía que le había ofendido y, aunque no había sido esa su intención, no era ningún secreto que no le gustaba estar allí.

—¿Quieres que te saque del caso? Puedo reasignarlo. A lo mejor puedo cambiarte a algo más simple. Podrías volver a tráfico —dijo extendiendo su mano para hojear una pila de papeles que había en su escritorio—. Eso es, aquí está. Solo necesito que firmes esto...

—No —le interrumpió ella firmemente—. Puedo hacerlo. Sé que puedo —pensó en sus hijos que vivían con su padre en Londres. *Necesitaba* ese ascenso para que por fin la trasladaran de nuevo a la ciudad—. Sólo necesito algo de tiempo para encontrarlos, para descubrir quién está poniendo estas quejas.

—Mmm... —murmuró él mirándola por encima de sus gafas—. Ojalá pudiera ayudarte, pero esto se ha alargado demasiado. Reasignaré el caso, mañana a primera hora. Se lo daré a Desaparecidos.

A Amanda se le cayó el alma al suelo. ¿Después de todo lo que se había esforzado todos estos meses? No era justo.

—Pero señor, si me permitiera...

—Suficiente, detective Payne —la interrumpió él—. Creo que sabes dónde está la salida —le dijo señalando a la puerta de su oficina.

Ya no sabía qué más hacer. Puso su mejor sonrisa y se levantó para marcharse.

—Sí, señor.

WHITE HORSE

Amanda sabía que podía ir a Londres esa noche, pero no soportaba el tráfico que había a esas horas y no quería pasarse horas en los atascos de la autopista. Sobre todo, cuando sus hijos, seguramente, estarían acostados cuando llegara. Tampoco es que pudiera asegurar que su exmarido le dejara entrar. No, para nada era una buena idea.

En lugar de eso, cogió el coche hasta Pannell Hill e intentó encontrar a alguien que se escondiera entre los árboles. Como no venían más coches, aminoró la marcha y entornó los ojos para intentar ver algo entre los sombríos troncos y ramas entrelazadas. No había indicios de movimiento alguno. Ni siquiera de un pájaro o un zorro.

La bocina de un coche hizo que se sobresaltara y se diera cuenta de que había detenido el coche. Le lanzó una mirada de culpa al conductor de atrás a través del retrovisor y levantó la mano en señal de disculpa. Aceleró y, casi sin pensarlo, condujo hasta Ledston. Al rato, el coche que iba detrás se desvió, dejándola sola en la carretera. No había señales de ningún acontecimiento inusual. No había descubierto nada en ninguna de sus búsquedas en la zona de la colina. Al día siguiente informaban de incidentes y avistamientos. Algunos decían haber oído gritos.

Amanda gruñó y golpeó el volante del coche frustrada. *Tenía* que resolver este caso. Pero era demasiado tarde. No había conseguido poner de su parte a los vecinos durante su estancia. Sólo podía hacer una cosa. Giró hacia el aparcamiento al ver el viejo pub, The White Horse. Soltó la chaqueta que llevaba puesta en el asiento de atrás, y cogió una vaquera que tenía guardada. Se soltó su pelo ondulado, que siempre tenía recogido en un moño alto, y lo dejó caer sobre sus hombros. Amanda nunca se maquillaba mucho, pero esa noche, se pintó un poco los labios en rojo y se miró en el reflejo del espejo. Así estaba bien. Al menos así parecería más una persona normal y no una agente de policía.

The White Horse era un viejo pub de estilo Tudor, con ladrillo visto y pilares de madera en el techo. Por fuera, una de las paredes estaba cubierta con hiedra, y por dentro, había plantas por todos lados haciendo que fuera un lugar acogedor. Había pasado muchas veces por delante, pero nunca había entrado. Cuando entró, vio varias mesas llenas de gente comiendo. Había una zona aún más acogedora al otro lado, donde había una chimenea encendida, mesas más pequeñas y una línea de taburetes en la barra. Soltó un suspiro. Con suerte, no atraería demasiado la atención. Parecía que había gente que había ido sola. Cerca de ella había una pareja de ancianos charlando bajito y, junto a ellos, un hombre estaba leyendo el periódico.

—¿Qué le pongo, agente? —le preguntó alegremente, y con un fuerte acento de Yorkshire, el joven que había tras la barra.

—¿Cómo lo has...? —empezó a decir riéndose mientras se sentaba en la barra— ¿Nos conocemos?

—La he visto por aquí —contestó él con una sonrisa—. Soy Tom —se presentó.

—Amanda —contestó ella—. Una cerveza, por favor. Con un chorrito de lima.

Se quedó mirándola mientras le servía la cerveza.

—No estoy de guardia —le espetó ella.

—No la juzgo, señora —le aseguró él arqueando una ceja. Le echó un chorrito de cordial de lima en el vaso y le acercó el lector de tarjetas para que pagara.

—Va a conducir, así que seguramente solo se tome una —dijo una mujer que se acercaba hacia ella desde atrás.

Amanda se giró en el asiento, molesta por esa actitud.

—¿Disculpe?

La mujer que caminaba hacia Amanda era un poco más mayor que ella, tendría sobre treinta años, y vestía una falda morada larga y satinada, y una blusa suelta. Llevaba joyas por todas partes, de oro, de plata, de colores... No parecía que su vestimenta tuviera sentido alguno. También llevaba unas gafas de montura gruesa y unos tirabuzones que enmarcaban su cara morena. Le dirigió una cálida sonrisa.

—No te preocupes, querida —le dijo ella—. Acabo de

llegar justo detrás de ti. Te vi maquillándote, justo antes de entrar.

Amanda se puso colorada. Pero supuso que no era un crimen que esa mujer le hubiera visto llegar al pub.

—¿Y su nombre es...?

—Soy Robin —contestó ella con una sonrisa pícara —. Un placer conocerte, Amanda —dijo mientras se sentaba en la barra junto a ella y le hacía un gesto a Tom. El camarero le sirvió una copa de vino blanco, sin siquiera preguntar.

Amanda no era capaz de apartar la mirada de ella. Robin iba un poco remangada, lo que hacía que, desde su muñeca, se vislumbrara un poco de, lo que parecía ser, un tatuaje, aunque no podía ver de qué se trataba. De su cuello colgaba una gruesa cadena de plata, con una especie de símbolo de colgante, y en sus orejas llevaba unos pendientes de estrellas doradas que eran parecidos, pero no idénticos.

—Son parte de un conjunto —dijo Robin.

—Perdón... no pretendía quedarme mirando —dijo Amanda rápidamente, sorprendida.

—No pasa nada —le dijo Robin encogiéndose de hombros mientras tomaba un trago de su vino—. Estoy acostumbrada. Mi hermana tiene los otros pendientes.

Podía sentir la mirada de Tom sobre ellas, observándolas, pero, por un instante, no le importó. Tenía una necesidad imperiosa de saber todo sobre Robin.

—¿Vive lejos?

—Podría decirse que sí —contestó Robin, alzando un poco el tono de voz.

Amanda se lo tomaba todo literalmente. Tenía poca

tolerancia a las metáforas y las mentiras. Era algo que la hacía una agente de policía estupenda. Aun así, intentó no sonar demasiado molesta cuando le preguntó si vivía en el extranjero.

—Está muerta —contestó Robin.

—Mierda —murmuró Amanda entre dientes—. No me había dado cuenta, lo siento.

—No lo sabías.

Ambas bebieron un poco de sus bebidas y estuvieron calladas durante un rato.

—Bueno, cuéntame —dijo Robin al rato, la punta de sus pestañas brillaba con la luz del fuego—, ¿qué te ha hecho decidirte a venir a bendecirnos con tu presencia esta noche, después de tantos meses viviendo aquí?

—Hablas como si ni siquiera hubiera estado aquí —le contestó Amanda con mofa.

—Ah, pero, ¿has estado? —preguntó Robin, curvando un poco la boca en una media sonrisa.

—Bueno... a veces visito Londres, los fines de semana —admitió ella.

—Querrás decir todos los fines de semana —le corrigió.

Amanda suspiró irritada. ¿Qué le importaba a ella qué hacía en los fines de semana?

—Vale, voy mucho. Pero tengo que... mis hijos viven allí.

—Ah —dijo Robin.

—Su padre es... —empezó a prepararse para contar la versión resumida de su historia, que se había preparado lo suficientemente bien para contársela a los extraños que pidieran algún tipo de explicación.

—Déjalo —dijo ella, levantando su mano—. No tienes que explicármelo si no quieres.

Amanda suspiró aliviada.

—Vale —murmuró.

—Pero sí que me interesa saber por qué estás aquí esta noche —insistió Robin.

—Ah, claro. Por supuesto —Amanda tomó otro trago de su bebida, y se dio cuenta de que la gente a su alrededor había dejado de hablar. Queriendo escuchar, sin disimulo alguno—. Yo... mm... creo que mi investigación ha llegado a su fin. No he sido capaz de resolverla. Ya sabes, la situación de Pannell Hill.

—Sé que has hablado con muchos testigos —dijo Robin sonriendo—. Tienes toda la información que necesitas.

—Yo hablé con ella hace unas semanas —dijo el hombre del periódico mirando por encima de él—. ¡Le conté cuando vi el fantasma de Mary con mis propios ojos! Pero, no me hizo mi caso. Bah.

Amanda dejó salir un suspiro de desesperación. Otra vez con eso.

—Bueno, señor, con todo el debido respeto...

—A mí tampoco —la interrumpió la mujer mayor que se sentaba junto a Robin en la barra—. Le conté cuando escuché a Mary, más claro que el agua. Estaba dando un paseo y la vi pasar corriendo por los árboles, sin duda no quería que la vieran. Empecé a decirle que no quería hacerle daño, pero no creo que me estuviera escuchando.

—Por favor, solo creo que, hasta que sepamos quién es el *verdadero* culpable de todo esto, deberíamos...

—¿Cómo? ¿No crees a los testigos? ¿Eso es lo que pasa? —le preguntó Robin.

—Ya vale —le imploró Tom—. Es nueva. No sabe nada de la historia.

Amanda estaba harta de que todos fueran tan condescendientes. Dejó su cerveza en la barra con un golpe e intentó hablar sin que le temblara la voz.

—Soy consciente de la leyenda de Mary Pannell —dijo enfatizando la palabra "leyenda", para indicar la escasez de pruebas que rodeaban su supuesta acusación de brujería—. Ha habido incidentes de robos, vandalismo y hace unas semanas asaltaron a un joven.

—Un joven que intentó abusar de su novia esa misma noche —dijo Robin arqueando una ceja.

—Nadie ha sido capaz de probar eso —dijo Amanda levantando una mano.

—Bueno, creo que es evidencia suficiente para decir que Mary está ahí. El único acto agresivo del fantasma fue para defender a una mujer.

—Supuestamente —dijo Amanda.

—Bueno —empezó a decir Robin poniendo los ojos en blanco—, entonces, Amanda. Perdone, agente... —dijo elevando su tono en señal de pregunta.

—Payne. Detective Payne.

—Agente Payne —dijo con una sonrisa dibujada—. ¿Qué me dice de ir a la colina esta noche? Para ver si podemos separar la realidad de la ficción.

Amanda se quedó mirando su vaso casi vacío.

—Mmm, iba a ir por la mañana... —empezó a decir.

—Tonterías —espetó Robin—. Mary suele mostrarse por la noche.

Amanda no pudo evitar soltar un sonoro suspiro.

—Déjate de escepticismos —dijo Robin—. No te harán falta después de que la veas con tus propios ojos.

Tenía que admitir que, quién quiera que fuese el culpable; era más propenso a aparecer por la noche.

—Está bien —dijo derrotada—. Iremos esta noche.

Tom se aclaró la garganta.

—¿Necesitáis compañía? —preguntó—. Si esperáis un par de horas a que cierre, voy.

—Yo también iré —dijo el hombre que había detrás. Dobló el periódico y se aclaró la garganta—. Por lo que parece, necesitaréis toda la ayuda que podáis.

—En serio, no necesito ayuda. Tengo mucha experiencia —dijo Amanda reclinándose en su asiento y cruzando sus brazos.

—¿En serio? —se burló Robin.

—Sí —contestó ella, irritada otra vez. Inesperadamente, notaba que el calor de la chimenea era demasiado fuerte—. Tengo años de experiencia en el cuerpo. Me uní justo antes de casarme.

—¿Estás casada? —preguntó Robin sorprendida y un poco alicaída.

—No —contestó ella—. Bueno, ya no —parecía que el pub se hubiera quedado en silencio de repente y todo el mundo estuviera pendiente de su conversación—. Estoy divorciada —aclaró ella.

—Ah —dijo Robin dibujando una sonrisa en su cara —. Lo siento —aunque no parecía sentirlo mucho.

—Bueno, nosotros también vamos —dijo la mujer junto a ellas, señalando a su marido.

—Cogeré el coche y... —empezó a decir Amanda.

La mujer la interrumpió con una carcajada.

—¿Qué? —preguntó Amanda indignada.

—No, cariño —dijo, suspirando—. No irás en coche hasta allí. No hay aparcamiento y si piensas ir conduciendo por el bosque, la espantarás. Quieres encontrarte con ella, ¿verdad?

La forma en la que esta gente hablaba hacía pensar que Mary estaba viva y que era una más de los vecinos. Era agotador seguir discutiendo. De todas formas, ya no le quedaba energía y su jefe había insinuado que no seguiría en el caso. A lo mejor, era más fácil seguirles la corriente.

—Sí —dijo finalmente—. Quiero encontrarme con ella.

—Genial —dijo Robin dejando ver su sonrisa llena de satisfacción—. En un par de horas, iremos todos juntos hasta allí, después de cerrar —dijo alzando la voz —. Todo aquel que quiera, que venga con nosotros.

—Ni de coña —dijo un hombre de mediana edad que estaba sentado en una de las mesas.

—¿Estás asustado? —preguntó Robin con una sonrisa traviesa.

—¡Y tanto que sí! —respondió mientras tomaba un trago de su cerveza.

—Yo tampoco voy —se escuchó decir a otro hombre —. Todos hemos escuchado las historias. Sea verdad o no, no voy a arriesgarme.

—Cobardes —les gritó una mujer—. No tengo miedo de Mary. Sea lo que sea que esté pasando allí, sé que Mary no le haría daño a nadie. Ella es una de nosotros, nació y creció aquí.

Se escucharon murmullos de aprobación y, poco a poco, empezaron a charlar entre ellos como antes.

—¿Otra? —preguntó Tom.

—Sí, por favor —respondió Robin por ella—. Yo invito.

—No tienes por qué...

—Quiero invitarte —dijo ella—. Como agradecimiento por dejarnos mostrarte la verdad sobre la leyenda de Mary Pannell.

3

PANNELL HILL

Después de un par de horas de charla, Amanda decidió que Robin no estaba tan mal. No había hablado con ella antes de esa noche, pero se habían visto por el pueblo. Robin se ganaba la vida con su negocio de los cristales y era conocida en la zona por sus lecturas de tarot.

—¿Quieres que te lea el tarot? —le preguntó Robin, mientras se bebía su segunda copa de vino.

—Mmm... —murmuró Amanda dudando. No quería ofenderla. De hecho, Robin parecía encantadora. Pero eso no significaba que, de repente, Amanda creyera en lo sobrenatural.

—No pasa nada —le dijo, con una voz suave como la seda, como si arrastrara las palabras—. Ya sé que no crees en eso.

—Es que no le veo sentido —dijo Amanda encogiéndose de hombros.

—¿Es por eso por lo que nunca me has interrogado?

Eso pilló a Amanda desprevenida. No había considerado que Robin fuera a notarlo.

—¿Cómo lo has...?

—Sé que estaba en la lista de testigos —le dijo ella—. Habían llamado a la mayoría para ser entrevistados por ti. O eso, o hablaban contigo cuando ibas puerta por puerta preguntando.

Amanda se terminó su cerveza con lima.

—Mira —dijo incapaz de camuflar su mirada de culpabilidad—. No es que no quisiera preguntarte. Es que...

—Sabías que te diría que el causante de todo esto es el fantasma de Mary Pannell —la interrumpió ella.

—Bueno... —dudó Amanda—, sí.

—Y tú ya has decidido que, a pesar de que haya evidencias que indican lo contrario, los fantasmas no existen, ¿verdad? —inquirió Robin arqueando una ceja.

—Yo *no* he dicho eso —respondió Amanda, aunque le estaba costando ordenar sus pensamientos. La chimenea se había apagado, dejando a Tom limpiando los vasos en el frío. La gente del pub se estaba marchando—. Baso mis decisiones en las pruebas. Y las pruebas muestran que la gente de esta zona es *propensa* a creer en la leyenda de Mary Pannell. Creo que la gente *piensa* que la ha visto.

—Supongo que es un avance —dijo Robin poniendo los ojos en blanco.

—¿Qué tal si te prometo que te creeré *si* encuentro pruebas que respalden tu teoría?

Robin soltó una carcajada.

—Eso no me garantiza nada. Sólo significa que no eres tan arrogante como para negar la verdad cuando la tienes en las narices.

—Hay mucha gente que haría eso en esta situación —dijo Amanda encogiéndose de hombros.

—Mmm, supongo que es cierto —coincidió ella—. Bien. Acepto tus términos, Amanda —dijo mientras extendía su mano para que ella la estrechara.

Un escalofrío recorrió el cuerpo de Amanda cuando escuchó su nombre dicho por Robin. Le estrechó la mano y dio un respingo cuando Tom encendió las luces y se vio frente a frente con la cara de Robin, que ahora era visible gracias a las luces artificiales del pub. Era tan guapa ahora como a la luz del fuego.

Retiró rápidamente su mano y le lanzó una mirada a Tom.

—Todos los que vayan a ir hasta la colina, sigan a la detective Payne —anunció él.

Se escuchaba un murmullo de entusiasmo mientras salían del pub, antes de que Tom cerrara.

Amanda y Robin iban delante, caminando juntas.

Amanda sacó el móvil y envió un mensaje rápido.

—Es mi exmarido —le explicó, lamentándose justo después de decirlo, por no haber sido clara. Era casi media noche, y acababa de contarle a esa mujer que estaba mandándole mensajitos a su exmarido—. Estoy preguntándole por los niños —aclaró mientras se guardaba el móvil en el bolsillo.

Robin asintió y sonrió con amabilidad.

—Eres una buena madre.

Amanda resopló con burla.

—Nadie, *nunca*, me había descrito de esa manera. Ni siquiera soy una buena *persona* —se arrepintió inmediatamente de sus palabras cuando vio, iluminada sólo con la luz de las farolas, cómo se le entristecía la cara.

—No te infravalores de esa manera —murmuró Robin, habló bajito, pero con firmeza.

Amanda evitó mirar a Robin a los ojos, mantuvo su mirada clavada en el suelo. La hierba estaba mojada y le humedecía el bajo de los pantalones, pero no le importaba. Ahora mismo, solo le importaba que podía haber molestado a Robin. Estaba preocupada por haber sido tan sincera.

—Quería decir... me refería a... he tomado algunas malas decisiones. He hecho daño a gente —dijo al final —. Lo siento.

—No pasa nada —dijo Robin—. Lo que pasa es que me has recordado mucho a mi hermana.

—¿Estabais muy unidas? —preguntó Amanda aliviada de que la conversación se hubiera alejado de ella.

—Más de lo que parecía —murmuró—. Éramos gemelas.

Amanda se dio cuenta de que había usado el pasado para hablar de ella. *Mierda*. Miró hacia atrás y vio a Tom hablando con otro hombre no muy lejos. No creía que pudieran escucharlas desde allí.

—¿Hace poco que la perdiste? —preguntó Amanda, justo antes de añadir—. No hace falta que me contestes.

—Me gusta hablar de ella —contestó encogiéndose de hombros—. Me hace sentir que aún sigue conmigo, ¿sabes? —dijo con una sonrisa tristona.

—Entiendo —le respondió. Estaba empezando a cansarse mientras subía la ligera pendiente, con los tobillos empapados por la hierba húmeda.

—Fue hace unos meses —Robin vaciló durante unos segundos antes de añadir—. Ojalá ella se hubiera sentido capaz de acudir a mí primero.

—A veces no es tan sencillo —susurró Amanda, tan bajito que apenas se escuchó con el ruido del viento al soplar.

Robin se recogió el pelo en una coleta baja para que dejara de molestarle en la cara por el viento.

—Parece que hablas por experiencia.

Amanda clavó su mirada en los ojos de Robin, haciendo una pausa antes de hablar de más.

—Ya estamos aquí —la voz de Tom la trajo de vuelta a la realidad.

Cuando cruzaron la carretera, Amanda vio el bosque que se suponía que estaba encantado por el fantasma de Mary Pannell.

—¿Qué es lo que estás investigando en realidad? —preguntó Robin a Amanda.

—Siempre ha habido informes sospechosos por esta zona —susurró ella, señalando al bosque—. Empezó con informes de avistamientos. Supusimos que eran niños que se venían por aquí por las noches, ¿sabes?

El resto de vecinos se congregó alrededor de ella, deseando enterarse de lo que iba a contar.

—Mi departamento siempre lo ha considerado una superstición. La gente dice que hay un fantasma y se creen que ven un fantasma.

—¿Hasta ahora? —preguntó Robin.

—Hasta hace seis meses. Empezó con un aumento de denuncias por tirar basura por la zona. Después nos llamaban diciendo que habían escuchado gritos por la noche.

—¿Mary estaba gritando? —preguntó el hombre del pub mirando a su mujer.

—*Alguien* estaba gritando —le corrigió Amanda—. Supuestamente.

Robin sonrió, mirando hacia el bosque. Las hojas se movían con el viento de tal manera que, si hubiera alguien entre los árboles, ellos no se darían cuenta.

—En fin, que pensamos que podría haber una persona sin hogar viviendo por aquí —continuó ella—. Pero, aún con todas las veces que he subido allí, no la he podido encontrar.

No mencionó que, hacía pocos meses, se había escapado una paciente de un hospital de la zona. Por lo que ella sabía, no tenía relación alguna.

Robin frunció el ceño, como si la idea de que esos altercados no tuvieran que ver con el fantasma de Mary fuera ridícula.

—Bueno, supongo que pronto lo descubriremos —dijo Robin.

—Iremos todos juntos, pero en pequeños grupos —murmuró Amanda—. De dos o tres como mucho. Quiero asegurarme que nadie se queda solo —eran todos adultos y no había ninguna escena del crimen. Si ellos querían subir, no tenía ningún motivo para detenerlos—. Si alguien se encuentra en peligro, que grite y yo acudiré corriendo. ¿Entendido? —su tono era duro, y no preguntó si alguien tenía alguna pregunta. Cogió a Robin de la muñeca y se fue con ella hasta la oscura espesura del bosque.

4

LA BRUJA PANNELL

En cierto modo, era como si todo estuviera en silencio, pero, a su vez, hubiera mucho ruido. Lejos del murmullo de las voces que venían detrás de ellas, parecía un lugar tranquilo. El viento se llevaba los demás sonidos, y Amanda estaba segura de que les estaban siguiendo, por el ruido que escuchaba de ramitas al partirse. Giró su cabeza rápidamente al escuchar algo caer al suelo.

—No pasa nada —le susurró Robin, poniéndole una mano en el hombro—. Es solo un animal. Un zorro o algo así.

—¿Has visto a algún zorro? —murmuró Amanda.

—Pues... no.

Amanda apartó la mano de Robin de su hombro. *No* necesitaba que nadie le diera la mano mientras andaban por el bosque. Por el amor de Dios, era una agente de policía.

—Yo me ocupo —susurró ella.

—Por supuesto.

Se arrodilló y cogió un corazón de manzana oxidado. Claramente, alguien había estado mordisqueándolo. Signos de vida. Buscó una bolsa de pruebas en su bolsillo y lo guardó dentro.

—¿De verdad crees que eso es prueba de algo? —preguntó Robin entre dientes.

—Si descubriera a alguien, podríamos asumir que ha estado haciendo vida aquí.

En la oscuridad, bajo los árboles iluminados por la luz de la luna, Amanda apenas pudo ver cómo Robin puso los ojos en blanco. Tenía una linterna, pero no quería asustar a quien pudiera estar escondido por ahí.

—Shh, quédate aquí —le dijo Amanda, llevándose un dedo a los labios. Mantenía sus ojos en el suelo mientras atravesaba el bosque, hasta que Robin le cogió la mano.

—Ten cuidado —le susurró.

Amanda le clavó la mirada, pero no dejó de andar. Siguió adelante, a través del suelo cubierto de hojas que parecía descender levemente hasta que —¡Ah! —dejó escapar un grito cuando cayó por el borde de una colina. Estaba más inclinado de lo que pensaba y perdió el equilibrio, cayendo rodando hasta que llegó al final.

—Joder, joder, joder —murmuró cuando una oleada de dolor la inundó. Qué estúpida.

—¿Estás bien? —le preguntó Robin—. Quédate ahí, voy a bajar.

—¡No! —le gritó Amanda—. Es-estoy bien. No bajes hasta aquí, te harás daño —sabía cómo sonaba eso, pero no quería que Robin también se hiciera daño.

—¿Puedes andar? —preguntó Robin, esta vez con una voz más dulce que hizo que le *doliera* a Amanda.

Se obligó a arrodillarse, pero, cuando intentó caminar sobre su tobillo, gritó de dolor.

—No —consiguió responder.

—Espérame —le dijo ella—. No tardaré.

Amanda volvió a caer sentada y apoyó su espalda contra una piedra escarpada. Escuchó pasos y voces en la distancia, lo cual no le sorprendió, ya que había bastante gente en el bosque. Fue una voz arrastrada por el viento lo que hizo que un escalofrío le recorriera la espalda.

—¿Hola? —preguntó.

No obtuvo respuesta. El viento soplaba de forma estremecedora. Las voces distantes se apagaron. No había señales de Robin.

—Si has estado quedándote aquí desde que te escapaste, ¿verdad? Puedo ayudarte —dijo intentando ganarse su confianza—. ¿Elizabeth?

El viento pareció enmudecer al pronunciar el nombre de la paciente que se había escapado del ala de psiquiatría del hospital de la zona.

—Elizabeth, este lugar no es seguro para ti —dijo Amanda, arrodillándose de nuevo y mirando a su alrededor, para ver si la paciente estaba por ahí. Tenía la extraña sensación de que la estaban observando. Si fuera alguien de su grupo, se habría acercado a ver si se encontraba bien—. Pero puedo mantenerte a salvo, si vienes conmigo.

Una ráfaga de viento helado le sopló en la cara devolviéndola al suelo.

Amanda volvió a gritar. Miró hacia un lado y otro. Pero no parecía haber nadie por allí.

—¿Hola?

Viendo que no le respondía nadie. Volvió a intentarlo.

—¿Elizabeth?

—Está a salvo, conmigo —dijo un susurro que viajaba por el viento. Amanda estaba casi segura que se lo había imaginado. Un escalofrío le recorrió la espalda.

—¿Mary? —preguntó, esta vez murmurando. Pero seguía sin poder verla. Estaba segura de que era Elizabeth, la paciente, pero, ¿y si se estaba haciendo pasar por Mary? —. No voy a hacerte daño, Mary —le dijo.

Hubo una pausa larga y, al rato, Amanda vio una hilera de hojas verdes y ásperas que, estaba totalmente segura de que, no estaban antes ahí.

—Envuélvelas en tu tobillo —le dijo la voz, esta vez más alto, como si se hubiera acercado.

Amada movió su cabeza de un lado a otro. Sin embargo, no veía a nadie. Cogió una de las hojas y la inspeccionó. A oscuras, apenas pudo ver las líneas en la hoja.

—¿Esto es... col? —preguntó.

La ausencia de una respuesta provocó un suspiro de Amanda. Cogió un par de hojas más y las envolvió en su tobillo.

—Está bien —murmuró—. Lo haré. ¿Así? —intentó ponerse de pie, pero otra ráfaga de viento la volvió a tumbar.

—Espera.

—Vale —dijo con mofa—. Espero. Pero tienes que mostrarte en algún momento.

De nuevo, silencio.

—¿Sabes que te tienen en vigilancia de suicidio? —preguntó Amanda en voz baja—. Tu familia cree que ya te han perdido.

La ráfaga de viento más frío hasta ahora pasó junto a sus oídos y las palabras la golpearon antes de que supiera lo que estaba pasando.

—La mantuve a salvo.

—Espera, ¿qué? ¿Te refieres...? —dijo Amanda atropellando las palabras. Estaba totalmente segura de que este no era el fantasma de Mary hablándole. Tenía que ser Elizabeth—. ¿Intentaste hacerte daño? ¿Por eso estás aquí fuera?

Se escucharon unos pasos resonando entre los árboles cuando Robin salió al claro.

—Manda —dijo en un susurro, con una voz suave—. ¿Aún no puedes andar? —le preguntó con una mirada preocupada.

Amanda sabía que no podía ablandarse de esa manera, pero nunca nadie la había llamado así. Le costó levantarse, pero las hojas de col le habían aliviado el dolor lo suficiente como para poder hacerlo.

—¿Cómo lo ha...? —se preguntó Amanda, confusa.

Robin cogió la col y la inspeccionó.

—Ah —dijo, asintiendo—. Mary te ha ayudado.

—No —dijo ella negando con la cabeza—, ha sido la *otra* mujer. No quería que la viera, pero me señaló las hojas de col y me explicó cómo usarlas en mi tobillo.

—No, cariño —le dijo Robin sonriendo—. Ha sido Mary.

—En realidad, ha sido Elizabeth —tan pronto como

las palabras salieron de su boca, se arrepintió. El nombre de la mujer del hospital era confidencial. No podía mencionárselo a nadie.

—¿Elizabeth? —preguntó Robin, petrificada.

—Mierda, lo siento. Olvida lo que he dicho —Amanda se puso de pie, apoyándose en Robin.

—No, espera. La persona que crees que está escondida por aquí, ¿se llama Elizabeth? —Robin la sostenía con cuidado, con un brazo en su cintura.

Amanda se encogió de hombros, haciendo lo posible por no estremecerse ante el contacto de Robin.

—Pues sí. Está perdida y los altercados coinciden con su desaparición. Me sorprende que haya podido estar escondida tanto tiempo...

—Manda, dices que conocías la leyenda, ¿no? —le preguntó Robin suavemente.

—¿Qué? Claro. Dicen que Mary fue acusada de brujería y luego fue ejecutada —contestó Amanda. Había investigado todo lo que había podido, aunque sólo fuera para entender a los lugareños.

Los labios de Robin se curvaron en una sonrisa y le frotó la cintura.

—Manda, tenía pareja. Su novia —hizo una pausa antes de aclarar—, se llamaba Elizabeth.

—No estarás pensando que... —dijo Amanda incrédula.

—Pues sí. Creo que Mary está cuidando de esa mujer, porque le recuerda a su pareja.

—Nunca había pensado que *antes* hubiera gente...

—¿Gais? ¿Lesbianas? —preguntó Robin sin rodeos —. Manda, las personas queer han existido desde el principio de los tiempos. Pero creo que, en la época de Mary, la gente hacía la vista gorda ante las mujeres que tenían relaciones con otras mujeres. Hasta que les convenía no hacerlo —parecía que ahora no la agarraba tan fuerte.

Amanda frunció el ceño, cojeando. Le costaba más andar cuando Robin no la sujetaba tan fuerte, pero se negó a pedirle más ayuda.

—¿A qué te refieres?

Robin suspiró, no parecía haberse dado cuenta de que le estaba costando andar.

—Lo que quiero decir es que, aquellas acusadas de brujería, eran perseguidas. Debe de haber algún motivo por el que sus amigos y vecinos se volvieran contra ella. Y no es ningún secreto que muchas de ellas vivían sus vidas alejadas de los hombres.

—¿Cómo puedes saber eso? —preguntó Amanda. Porque, ¿cómo iba a saberlo?

—Veo algunas cosas —le dijo Robin pensativa, pasando la lengua por su labio superior—. Normalmente no veo mucho, pero a veces hay imágenes. Fotos, si quieres llamarlo así.

Amanda no quería ser maleducada. Por lo que ella sabía, Robin podía ver muchas cosas sobre la vida de Mary.

—Prefiero basar mis opiniones en las pruebas —dijo, intentando mantener el tono de su voz. Esperaba que no se ofendiera.

Robin puso los ojos en blanco y paró en seco, alejándose y mirando fijamente a Amanda.

—Te vi venir, ¿sabes?

Amanda se burló, cruzándose de brazos mientras miraba a Robin a la cara.

—¿Qué quieres decir?

—Pues exactamente eso —le contestó, gesticulando —. Vi una imagen tuya, justo aquí. Andando por estos bosques conmigo.

No podía creerse lo que le estaba diciendo.

—Si eso es verdad, ¿por qué no me lo dijiste directamente? En el pub actuaste como si no me conocieras.

—Para ser justos, no me habrías creído. Además, no te conocía. No sabía ni tu nombre.

—¿Por qué debería de creerte?

Robin murmuró pensativa, sus ojos parecían hurgar en su mente.

—Tus hijos son encantadores —murmuró—. Piensas mucho en ellos.

Amanda gruñó de frustración. ¿Qué clase de acosadora era esta mujer?

—No sé sus nombres —empezó a decir con una voz amable, como si no quisiera asustarla—, pero sé que tienes un niño y una niña. La niña es más alta, pero parece más joven. Le gusta llevar el pelo suelto y no le gusta que la peinen y se lo recojan. Tu hijo es más tranquilo. A veces, puede ser un poco tímido e introvertido. Menos cuando se pelea con su hermana. Siempre empieza él. Como una vez en la visita al... ¿parque? No, al zoo —Robin parecía melancólica mientras los describía, como si viera imágenes en su mente incluso mientras hablaba.

—Eso me ha dado muy mal rollo.

—Ya, eso me han dicho —admitió Robin.

Esta mujer era rara, sin duda. Sabía cosas que no debería saber. Amanda no podía confiar en ella. Se hizo una nota mental para revisar su historial tan pronto como volviera al trabajo. Podría ser que estuviera metida en algo peligroso, que hubiera algún motivo por el que hubiera averiguado todo eso sobre su vida. Se estremeció al pensar en que hubiera investigado a sus hijos. Pero, al menos, por ahora, sabía que estaban a salvo con su padre, y ella mantendría vigilada a Robin.

De momento, Amanda pensó que sería mejor seguirle la corriente. Si podía conseguir que bajara la guardia, puede que le revelara algo sobre ella. Sobre quién era en realidad. Sobre cómo había conseguido su información. Así que, respiró hondo y le preguntó.

—¿De verdad crees que Mary fue ejecutada por su preferencia sexual? —siguió caminando, intentando apoyar el peso sobre su pierna sana. Su cojera no parecía que se fuera a curar pronto.

Robin se encogió de hombros y pasó un brazo por detrás de Amanda, rodeándole la cintura.

—No creo que fuera tan simple. Pero creo que era una sabia. Conocida en su comunidad por sus habilidades — había una chispa en sus ojos que hacía pensar que se identificaba con Mary. Quizás por eso veía imágenes de su vida—. Confiaron en ella durante mucho tiempo, para que curara las dolencias de sus amigos y vecinos, pero, al final, vivió al margen de la sociedad.

Amanda frunció el ceño, negándose a reconocer lo agradecida que estaba de que Robin la estuviera soste-niendo mientras andaba. Deseaba, desde el fondo de su corazón, que esa mujer no fuera peligrosa, porque no estaba en condiciones de luchar esa noche. Esperaba que el resto del grupo estuviera lo suficientemente cerca, como para escucharla, en caso de que tuviera que pedir ayuda.

—¿A qué te refieres?

—Vivía con sus dos hijas y su pareja romántica, que era una mujer. No creo que se esforzara mucho en esconderlo, porque durante la mayor parte de su vida, casi nadie le prestaba atención. Vivían a las afueras del pueblo y es la vida que eligieron. La vida que les hacía felices. Durante un tiempo.

—¿Hasta cuándo?

Oscurecía con cada minuto que pasaba y era casi imposible ver por donde andaba, pero, de alguna manera, Robin se las arregló para llevarlas hasta un camino llano.

—Hasta que la gente se volvió contra ella. La gente puede ser muy hipócrita —dijo soltando un suspiro—. Aunque hubieran confiado en ella durante mucho tiempo, las personas temen lo que no entienden. Por eso, cuando las cosas se torcieron en la comunidad, fue culpada.

—¿Culpada de qué? —preguntó Amanda en un murmuro.

—De todo. Cosechas perdidas, animales enfermos, incluso abortos. Por lo que he visto, todos esos crímenes se le fueron atribuidos y se desmoronó bajo el peso de las acusaciones. No tenía ninguna esperanza.

Amanda no dijo nada. Fuese verdad o no que Robin veía esas cosas, no cabía duda en que era verdad que muchas mujeres habían afrontado ese destino. Continuaron caminando el camino imposible de ver y lleno de hojas que crujían bajo sus pies.

—Lo que no entiendo es de qué intenta mantenerla a salvo —murmuró Robin, haciendo muecas, como si estuviera intentando averiguar la razón.

—Creo... creo que puedo tener la respuesta a eso —admitió Amanda. Aunque no había manera de que esa historia fuera verdad, también quería resolver el caso de una vez por todas. Miró alrededor, intentando encontrar a Elizabeth.

—¿Sí? —preguntó Robin.

—Creo que vino aquí intentando acabar con su vida.

Robin se quedó de piedra otra vez, aún agarrando a Amanda fuertemente.

—He intentado decirle que podía ayudarla, pero soy la última persona que puede prometerle eso —dijo susurrando. Aferrándose a Robin con fuerza sin querer soltarla. Las lágrimas comenzaron a brotar de sus ojos incontrolablemente y ya no quería seguir con esa conversación.

—¿Por qué dices eso? —preguntó Robin.

—Yo... —Amanda no quería hablar más de la cuenta —. Es que, puedo entender cómo se siente, eso es todo.

Incluso en la oscuridad, Robin encontró su mirada. Le limpió a Amanda las mejillas de lágrimas que ni siquiera se había dado cuenta que habían caído.

—Es algo que has intentado hacer —le dijo ella. Se le descompuso la cara mientras miraba al vacío. Como si pudiera verlo, aunque, por supuesto, eso era ridículo.

Amanda asintió. No le salían las palabras para explicarlo, pero, aun así, lo hizo. Quería dejarlo salir.

—¿Qué pasó?

—Verás... mis, mis hijos me encontraron — Amanda se sonrojó avergonzada. No estaba segura de por qué estaba contándole esta parte tan fea de sí misma. Esa parte que había escondido tan hondo. Soltó un sollozo y añadió—. Se supone que no iban a volver. Mi, entonces marido, los trajo pronto a casa, y... —los sollozos hicieron imposible que pudiera continuar—. Lo siento. Lo siento mucho. No sé por qué te estoy contando esto —esa mujer tan sospechosa, claramente, no era la persona adecuada para abrirse, pero, por alguna razón, confió en ella. Al menos, con esto.

Robin se volvió para mirarla y puso su dedo índice bajo su barbilla, levantando un poco su cara.

—Siento que te pasara eso —murmuró—. Pero, me alegro tanto de que estes aquí ahora.

Amanda rodeó a Robin con sus brazos. No sabía qué decir ante eso.

—No debería haber... no sé por qué acabo de... no necesitabas que te cargara con mi trauma... —sollozaba entre cada respiración, odiando lo patética que sonaba. Especialmente delante de Robin. Esto era *humillante*.

—Así murió mi hermana —admitió Robin después de un momento de silencio.

—Mierda —murmuró Amanda abriendo los ojos de par en par. Se alejó de Robin y la miró a los ojos. Sus ojos eran brillantes incluso en la espesura del bosque, la luz de la luna le iluminaba la cara. Era más alta que Robin y la manera en la que miraba hacia abajo la hacía sentir que era la única persona que le importaba. Sentía que ella *importaba*. Sin pensarlo, se puso de puntillas y alzó sus labios.

—¿Hola? —dijo una joven con voz ronca que sacó a Amanda de su ensimismamiento.

—¿Qué? —dijo, buscándola con la mirada, hasta que se encontró cara a cara con ella.

Esa cara coincidía con la foto que había encontrado, pero solo la cara. Su pelo estaba enmarañado y tenía ramitas y hojas enganchadas. Vestía una bata de hospital, como era de esperar, pero estaba hecha jirones.

A su alrededor, empezaron a sonar pasos. Parecía que, tan pronto como Elizabeth había aparecido, el resto del grupo se las había apañado para encontrarlas en la loma de la colina. Amanda no tenía ni idea de dónde se habían escondido hasta ese momento. Pero ahora mismo, estaban todos allí, mirando la escena. Observaban a Elizabeth, con la bata andrajosa.

—¿Elizabeth? —titubeó Amanda. Se quitó rápidamente la chaqueta vaquera y se la ofreció a la mujer, que se encogió de miedo—. No te haré daño —le aseguró ella.

—Tú no —dijo Elizabeth negando con un gesto—. Mary dijo que no confiara en ti.

Amanda frunció el ceño.

—Ella sí —aclaró Elizabeth mirando nerviosa a Robin—. Sólo ella.

Amanda le pasó la chaqueta a Robin, que la cogió. Elizabeth se cubrió con ella, en parte.

Por muy sospechosa que fuera Robin, era amable. Amanda aún no estaba segura sobre qué sentía por ella y aún seguía pensando en investigarla cuando volviera al trabajo. Pero era obvio que no iba a hacerle daño.

Aunque tuviera información sobre Amanda, no parecía que tuviera intenciones de hacerle daño.

—No pasa nada, cariño —susurró Robin. Pasó un brazo alrededor de Elizabeth y, con la otra mano, cogió la mano de Amanda. No estaba segura de a quién le estaba hablando, quizás a las dos, cuando dijo, con la voz más dulce que había usado hasta ahora—. Estoy aquí, ahora estás a salvo.

DESCENDIENTE

Una mujer intenta descubrir desesperadamente si su antepasada fue, efectivamente, una bruja.

Tenga en cuenta que este relato contiene spoilers de **La Bruja Pannell**.

CENA

Camilla entró por la puerta del restaurante y miró alrededor nerviosa. Inhaló el olor a especias frescas y vio a un hombre vestido con un traje elegante que caminaba hacia ella.

—Buenas noches —dijo él, saludándola educadamente, con una inclinación de cabeza.

—Buenas —le saludó ella, dejando escapar un quejido al soltar su pesada mochila en el suelo—. Mesa para uno, por favor.

—Por supuesto. Sígame —dijo él, con una sonrisa amable. Hablaba con acento del norte, no muy marcado, pero, claramente, era de cerca. La llevó a una mesa pequeña junto a la ventana.

El restaurante estaba bañado en luces de tono azulado, y cada mesa tenía una vela. No era ideal para trabajar, pero serviría. Miró alrededor, agradecida de ver que estaba casi vacío.

—Disculpe, ¿sería algún problema si le pido usar

estas dos mesas juntas? —preguntó Camilla—. Tenía pensado trabajar un poco.

El hombre sonrió y juntó las dos mesas sin vacilar. Su piel era morena, tenía sobre treinta años, como ella. Tenía los ojos grandes y de un color marrón claro que era casi translúcido. Llevaba el pelo largo, pero engominado hacia atrás de manera perfecta.

—¿Le traigo un aperitivo? —le preguntó—. Para mientras trabaja en su... —dijo dejando la frase sin acabar, parecía que no quería molestarla preguntando de más.

—Estoy haciendo una investigación para un libro —dijo ella, sacando un montón de papeles de su mochila. Los puso sobre la mesa y se sentó—. Y, sí, por favor.

—¿Es escritora? —preguntó con entusiasmo mientras le tendía el menú de bebidas.

—Me gustaría serlo, algún día —contestó Camilla encogiéndose de hombros y sonrojándose—. Si todo esto... —dijo señalando el lío de papeles que había sobre la mesa—... sale bien. Llevo ya mucho tiempo recopilando información para mi investigación, pero hace muy poco encontré algo con lo que avanzar —dijo mientras pasaba el dedo por la lista de vinos, intentando averiguar si le gustaba cómo sonaba alguno.

—Entonces, ¿su libro está ambientado en esta zona? —le preguntó el camarero después de echar un vistazo a los papeles y quedarse mirando una vieja copia del periódico "The Leedes Intelligencer", de 1754.

—No exactamente —dijo ella, devolviéndole el menú —. Una copa de "White House", por favor —cogió el periódico y dijo—. Este es el periódico más antiguo que he podido encontrar, pero, en realidad, mi libro va de una mujer que vivió un siglo antes de esto.

—Interesante —dijo, pensativo, con una ceja arqueada—. Volveré enseguida.

Cuando se marchó, Camilla esparció su investigación sobre la mesa y empezó a ordenarlo en montones. Todo lo que tenía que ver con un lugar que quería visitar mientras estaba aquí, en Kippax, lo puso en uno. Los testimonios de brujas y fantasmas, en otro. El último montón incluía todo lo demás; desde artefactos que había recogido hasta artículos sobre leyendas parecidas en pueblos vecinos. Guardó los dos últimos montones, enrollados con una goma, en su mochila.

El camarero volvió con los aperitivos y una gran copa de vino blanco frío.

—Gracias, Aditya —le dijo ella mirando el nombre de su placa.

—Por favor, llámeme sólo Adi —le contestó él, inclinando su cabeza—. ¿Cómo se llama usted?

—Soy Cami —dijo ella, tomando un sorbo de su vino mientras observaba el dibujo que tenía frente a ella.

—Vaya —dejó escapar Adi, señalando el dibujo—. ¿Es obra suya?

El papel estaba fino y descolorido, y sus bordes estaban rasgados. Camilla lo había pegado a un trozo de cartón para intentar conservarlo, y, aunque estaba casi borrado, se veía claramente la preciosa imagen de una pequeña cabaña en el bosque, con una vieja mansión en el fondo.

—Ya me gustaría —dijo Camilla dejando escapar una risa—. No, creo que esta obra es de mi... de una mujer llamada Agnes. Dibujó esto antes de ponerse enferma.

—¿Cree que el lugar que hay dibujado existe?

—Eso creía —murmuró—. Pero no he sido capaz de identificarlo, y dudo que una cabaña así haya sobrevivido hasta nuestros días.

—¿Le tomo nota? —le preguntó Adi, sonriendo e inclinando la cabeza a un lado, como si supiera algo, pero no mencionó nada más.

Camilla le pidió lo que quería y se quedó un rato más observando minuciosamente la imagen.

Adi volvió al rato, enseñándole su teléfono. Se veía una gran mansión, pero la imagen parecía antigua. Estaba en blanco y negro, y parecía un boceto más que una fotografía. Era un edificio de, al menos, tres pisos de altura, las paredes eran de color claro y tenía torreones a ambos lados. Era evidente que había sido ampliado desde que Agnes hizo el dibujo, pero no había duda de que se parecía.

—¿Dónde está eso? —preguntó Camilla inmediatamente—. ¡Es eso! ¡Lo he estado buscando por todos lados! ¿Dónde está ese lugar?

—Ahora está diferente —le contestó Adi con una sonrisa en la cara—, pero creo que el lugar que está buscando es Ledston Hall. Está encantado, ¿sabe?

—Oh, ¿en serio? —soltó Camilla con burla—. ¿Eres uno de esos?

—Hay muchos testimonios —respondió él, encogiéndose de hombros—. No debería ignorarlo. ¿O es que cree saberlo todo?

—¿Crees que hay fantasmas en Ledston Hall? —preguntó ella poniendo los ojos en blanco.

—Creo que se han observado fenómenos extraños en los alrededores de Ledston Hall —aclaró él.

—Ya veo... —suspiró Camilla.

—Bueno, supongo que ese es el lugar de su dibujo, eso es todo. La cabaña debe de haber estado en algún lugar de los terrenos circundantes.

—Sé que la cabaña es muy probable que no haya sobrevivido —coincidió Camilla—, pero Ledston Hall podría ser crucial para mi investigación. Eso no significa que crea en fantasmas —dijo vacilando mientras miraba al hombre. Tenía una mirada amable y parecía que quería ayudar—. No hay mucho trabajo por aquí esta noche, ¿no? —le dijo ella.

—Gracias —dijo él con una sonrisa pícara—. Mis padres estarán encantados de escucharlo.

—Lo siento —dijo ella sonrojándose—. No quería decir... ¿qué puedo hacer para que te sientes conmigo? Te pagaré la cena —añadió rápidamente.

—Veré lo que puedo hacer —le contestó él poniendo los ojos en blanco.

Volvió con el pedido de Camilla y trajo un par de platos más.

—Vale, Cami —dijo sonriendo—. Ya he terminado el trabajo. Te ayudaré con tu investigación, si aceptas explicármelo. Y debes estar abierta a la posibilidad de los fantasmas.

Camilla vaciló. No tenía ningún sentido meter fantasmas en la historia de Agnes, pero sí accediendo a ser más abierta a ello, Adi la ayudaba, estaba dispuesta a intentarlo.

—Está bien —aceptó—. Te interesan este tipo de cosas, ¿no?

—Soy un aficionado a la historia local —confirmó él —. Hace tiempo, incluso organizaba un tour histórico por esta zona.

—Debes saber muchísimo sobre este lugar. Y sus fantasmas —dijo ella con tono sarcástico.

Adi se encogió de hombros e ignoró su tono.

—¿Dónde encontraste este dibujo? —preguntó cogiendo el dibujo de Agnes y pasando los dedos por él.

—Es solo una fotocopia —respondió Camilla—. El original está colgado en un pub de Londres.

Adi dejó a un lado el dibujo y le sirvió a Camilla un poco de arroz y dhal y, luego, se sirvió él.

—Tenía talento —le dijo él, empezando a comer—. ¿Crees que se ganaba la vida vendiendo sus dibujos?

—Es imposible saberlo —contestó Camilla, encogiéndose de hombros y mirando las otras hojas de papel —. Pero ninguno de estos dibujos está completo, y parece que fueron todos obra suya —había bocetos de gente y lugares, pero cubiertos por líneas burdas y algunas de las caras ni siquiera estaban terminadas—. Me gusta pensar en lo que podría haber hecho, si hubiera vivido más — Camilla terminó de decir eso con una pizca de tristeza. Dejó los dibujos a un lado y se puso a comer un poco de curry—. Está buenísimo, por cierto.

—Me alegro —le dijo Adi, sonriendo. Y cogió un mapa enorme, despintado en algunas zonas.

—Esto data sobre 1620. Fue creado cuando un

mercado ambulante llegó a Yorkshire del oeste —le dijo Camilla entre bocados, señalando el mapa.

Adi asintió, mientras seguía mirando el mapa.

—¿Quieres que te enseñe el sitio del dibujo?

—Adi, espero, por dios, que estés hablando en serio.

El muchacho soltó una carcajada.

—Como te he dicho, la historia local es uno de mis pasatiempos. Conozco bien este lugar. Y tú, obviamente, también sabes algo. Me encantaría ver qué podemos descubrir juntos.

—A mí también —contestó Camilla entusiasmada.

—Esa colina es bastante famosa, en realidad. La llamamos la Mary Pannell.

Camilla levantó la cabeza de repente.

—¿Qué pasa?

—Mary Pannell era la madre de Agnes.

Adi arqueó una ceja, como si supiera algo, pero lo escondiera.

Terminaron de comer sin sacar nada más en claro, y accedieron a ir hasta Ledston Hall justo después, para ver si podían encontrar alguna información que ayudara a Camilla con su investigación. Aunque Adi tenía pinta de que quería asustarla con historias de fantasmas.

LEDSTON HALL

—¿**P**or aquí? —preguntó Camilla.

—Sip —le contestó Adi—. Cuidado, no te vayas a escurrir —sin farolas cerca, no se veía prácticamente nada. La hierba estaba mojada y estaba chispeando.

—¿Llevabas a la gente hasta aquí en tus tours?

—A veces —respondió Adi.

—¿Has visto alguna vez algún fantasma?

Hizo una pausa y dio unos pocos pasos más antes de contestar.

—No deberías bromear con eso.

—No me digas que te he ofendido.

—No, es solo que no creo que sea bueno reírse de las creencias de los demás —dijo, caminando por delante de ella.

—Espera —le pidió Camilla—. No corras tanto... mira, Adi. Lo siento, no pretendía eso, en serio —dijo alcanzándolo, pero él no se volvió a mirarla.

Se ajustó la pesada mochila, apretando bien las

correas y caminó con dificultad hasta la cima de la colina, con Camilla justo detrás.

Ledston Hall era hermoso, pero de una forma escalofriante. Le parecía raro que hubiera tan poco movimiento por esa zona. Ella esperaba que hubiera varios coches entrando y saliendo de la casa, o, incluso, gente caminando por los terrenos, quizás paseando a un perro. Pero no había nadie.

—Qué tranquilo —dijo Camilla.

—A lo mejor la gente se fue huyendo de los fantasmas —dijo él en un susurro.

—Por favor —le imploró ella, cogiéndole por la muñeca—. Lo digo en serio. Lo siento mucho, de verdad. No me reiré de las creencias de los demás. Las respetaré. Te lo prometo.

—Está bien —las luces de Ledston Hall le iluminaban la cara y vio cómo sus facciones se suavizaron—. Mira, Ledston Hall ha sido propiedad privada durante siglos, pero los propietarios casi nunca están aquí.

—Las luces están encendidas —apuntó Camilla confundida.

No todas las luces de la casa estaban encendidas, pero había algunas que se veían desde fuera. La casa era más alta de lo que había imaginado y, aunque estaba detrás de unas imponentes puertas de piedra, podía ver a través de ellas. Detrás de las verjas había un camino de entrada, aunque parecía más bien un aparcamiento, una zona circular de gravilla.

—Será el personal —dijo él encogiéndose de hombros.

—¿No nos meteremos en problemas si nos encuentran aquí?

Los labios de Adi se tornaron en una sonrisa atrevida.

—Entonces, será mejor que no hagamos ruido —dijo echándose contra el muro—. Déjame ver el dibujo.

Camilla lo sacó de su mochila y Adi encendió la linterna de su móvil.

—Debemos estar cerca —dijo ella.

Adi miró al dibujo y luego a los terrenos de Ledston Hall.

—Creo que la cabaña debe de haber estado por aquí —dijo él—. Vamos.

Camilla frunció el ceño. No estaba segura de qué serviría encontrar el sitio exacto de la cabaña, pero pensó que no pasaba nada si iban. Y le había prometido ser abierta al respecto.

—Estupendo —le dijo ella.

Llegaron hasta un roble que era visible en el dibujo de Agnes y parecía no estar muy lejos de Ledston Hall. Sus hojas le daban sombra a la zona junto a la cabaña.

—¿Ves algún río por aquí? —le preguntó Camilla.

—¿Un río?

—El Lin Dike —aclaró ella—. Creo que pasaba justo junto a la cabaña.

A Adi se le iluminó la cara.

—Por aquí —dijo él corriendo hacia un pequeño cauce. No tenía agua, pero le explicó que solía tener. En algunas épocas cuando llovía mucho, se llenaba, pero, la mayoría del tiempo, estaba seco.

—¿Cómo sabes todas esas cosas sobre esta zona? —preguntó Camilla.

—Bueno —le contestó él—, mi familia se remonta

mucho tiempo atrás.

—¿Tu familia es de por aquí?

—No me mires tan sorprendida. Mi padre nació y creció en India, pero la familia por parte de mi madre ha estado viviendo aquí durante siglos.

Camilla soltó un suspiro mientras miraba a la, aparentemente, vacía extensión de hierba a su alrededor.

—No sé muy bien por qué crees que vamos a encontrar algo aquí —dijo ella, apartándole la mano cuando notó que la había puesto en su hombro izquierdo—. Para ya —le advirtió.

—¿Que pare el qué? —le preguntó Adi desde su derecha.

Camilla miró inmediatamente hacia ambos lados, confundida.

—Nada —murmuró ella—. Habrán sido imaginaciones mías.

Un escalofrío le recorrió el cuerpo, para ser sinceros, era tarde y estaban de pie en mitad del campo.

—Vale. Bueno, ven conmigo. Quiero enseñarte algo —dijo Adi, arrodillándose en la hierba y palpando el suelo, moviendo su mano de un lado a otro.

Ella le imitó y empezó a palpar el suelo en busca de algo.

—¿Qué estamos buscando?

—Una piedra plana —le respondió—. Esta grabada, pero muy sutilmente.

Camilla no pudo encontrar nada más que barro y cuando se cortó con una hierba especialmente puntiaguda, dejó escapar un grito y se sentó sobre sus talones.

—¿Y alguna vez la has visto?

—Yo no —admitió él—. Pero he leído sobre ella. Se supone que está por aquí. Dicen que un pariente sería capaz de encontrarla.

—¿Un pariente?

—Ajá...

Camilla intentó adivinar de qué estaba hablando.

—Dijiste que la familia de tu madre ha vivido en esta zona durante mucho tiempo.

—Así es —le confirmó él, sin molestarse en mirarla.

Ella puso los ojos en blanco.

—¿Y qué es exactamente lo que puede encontrar un pariente? ¿Y por qué te importa tanto encontrarlo?

Un soplido de aire sonó detrás de Camilla, que giró la cabeza inmediatamente, pero no vio nada.

—Es una tumba —dijo Adi tranquilamente—. Dicen que la bruja que fue quemada en esta colina fue enterrada por aquí, en este terreno.

—¿Te refieres a Mary Pannell? —preguntó Camilla, confusa.

—Nunca he visto ninguna evidencia que me convenciera de que fue Mary Pannell la que fue asesinada aquí —contestó él, encogiéndose de hombros.

—¿Crees que alguien fue asesinado aquí?

—Creo que, si encontramos su tumba aquí, tendremos la respuesta a esa pregunta. Debe estar en algún sitio por aquí cerca.

Camilla le miró con una expresión curiosa, medio escondida en la oscuridad.

—Bueno, si eso es verdad, ¿por qué aún no la ha encontrado nadie? Estoy segura de que existe alguna tecnología para buscar una tumba.

—No es que no exista la tecnología, Cami —le contestó él, resignado—. Es que a la gente no le importa.

—¿A qué te refieres? —preguntó ella, limpiándose el barro de las manos en los muslos.

—Mi antepasado vino a este país desde India —le dijo—. Mira —se sacó su móvil, busco entre las carpetas y le enseñó una foto—. Puedes hacer zoom. Ahí se ve mi árbol familiar, y puedes encontrar la mujer que vivió en este lugar. La madre Pannell.

Camilla hizo zoom y se sorprendió de lo lejos que llegaba el árbol familiar. Su mirada se paró en el nombre justo debajo de la madre Pannell.

—¿Era la madre de Mary Pannell?

—No, pero eran familia —le respondió Adi—. No eran familia de sangre, sino política. En esta zona la madre Pannell era conocida por su medicina. Ayudó a toda la comunidad a tratar sus enfermedades. Se dice que le traspasó su conocimiento a Mary, para que pudiera continuar ayudando a la comunidad.

Camilla intentó reprimir la risa que acabó por escapársele.

—¿No me crees? —le preguntó él, incrédulo.

Ella vaciló.

—No creo que la gente en el siglo XV supiera nada de medicina —aclaró Camilla.

Adi volvió a buscar otra imagen en su móvil.

—¿Ves esto?

Camilla miró a la imagen, esta vez era un libro con la cubierta de cuero.

Adi bajó un poco por la galería, enseñándole una serie de fotografías del interior del libro. Era un revoltijo

de páginas metidas dentro, que se caían, llenas de gara-
batos y dibujos, muchas de las páginas estaban demasiado manchadas para ser legibles.

—¿Qué pasa con esto?

—Es un registro de los remedios que usaba la madre
Pannell. Está expuesto en el museo local, lo encontraron
hace años en Ledston Hall —le dijo Adi con una sonrisa
de oreja a oreja—. Y las medicinas funcionan. Algunas de
ellas incluso se usan hoy en día por médicos.

—Pero, ¿cómo sabía...? —empezó a preguntar Camilla, confundida.

—Creo que se trajo ese conocimiento desde la India
—dijo Adi—. O eso, o fue recopilando cosas durante su
camino hacia Inglaterra. Habría recorrido un largo viaje,
pasando por muchísimos lugares diferentes, llenos de
diversos tipos de personas, hasta llegar hasta aquí.

—Vale, supongamos que la madre Pannell *está* enterrada aquí —dijo Camilla lentamente—. ¿Qué es lo que
buscas exactamente?

—Me gustaría encontrar su tumba —dijo Adi con
tristeza—. Descubrirla si fuera posible. La mujer que fue
quemada por brujería en 1603 merece ser recordada.

—Bueno, llaman Mary Pannell a toda esta zona.

—Aun así, nadie habla nunca de la madre Pannell. Ni
siquiera sé su nombre de pila.

—Estás muy seguro de que fue la madre Pannell y no
Mary quien fue ejecutada aquí —reflexionó ella.

—Es un presentimiento que tengo —dijo él, encogiéndose de hombros—. La sangre de la madre Pannell
corre por mis venas. Y me da la sensación de que quiere
que se cuente su historia.

—¿Qué historia? —insistió Camilla, que seguía sin pillarlo.

—Creo que se sacrificó por Mary. Que fue ejecutada en su lugar, porque quería que Mary viviera una vida plena.

Camilla se quedó mirándolo. Si eso era verdad, sería digno de atención.

—Todo el pueblo conoce la historia de Mary Pannell, o lo que ellos creen que es su historia —dijo Adi—. Lo único que quiero es encontrar la verdad. Para averiguar si la madre Pannell no era solo la mentora, si no que, también la protectora de Mary. Es importante para mí —añadió en voz baja.

Camilla se quedó pensativa, mirándolo. Se dio cuenta de su gran determinación. Si alguien iba a encontrar su tumba, seguro que sería él.

—No voy a detenerte —dijo ella, encogiéndose de hombros.

Adi siguió buscando la piedra en el suelo.

Camilla volvió a buscar el árbol familiar en el móvil, parándose al ver "Agnes Pannell".

—Es ella —murmuró—. Era la hija de Mary Pannell —la mujer por la que había ido hasta allí, su antepasada—. Agnes —nada más decir su nombre escuchó el soplido del viento de nuevo. Volvió a girar la cabeza y vio una figura acercándose a ellos—. Mira —dijo apuntando hacia ella.

—Un momento —le dijo Adi—. Creo que la he encontrado —anunció él apartando una capa de barro con los dedos.

—Mierda —soltó Camilla—. ¿Hay *alguien* ahí?

La sospechosa figura apenas era visible en la oscuridad, pero, por su silueta, parecía llevar un vestido.

Camilla se levantó de golpe y corrió tras la figura.

—¡Espera! —le gritó Adi.

Pero le ignoró. Se fue alejando, a ciegas. El barro húmedo hacía que se le hundieran los zapatos al correr. Se fue acercando poco a poco. Pero, con lo oscuro que estaba, no se le veía la cara. Finalmente, se acercó lo suficiente y entrecerró los ojos para intentar ver algo mejor. Pero desapareció. Una ráfaga pasó junto a ella y escalofrío le recorrió el cuerpo.

—Nada, no ha habido suerte —le informó Adi—. ¿Qué haces?

—Dime que has visto eso.

—¿Ver qué?

De repente, lo tuvo claro, se tiró de rodillas y empezó a excavar con sus manos en el suelo.

—Creo que está aquí —dijo jadeando. La figura fantasmal la había guiado hasta allí.

Entonces Adi se unió a ella. La ayudó a librarse de las capas de tierra hasta que encontraron una superficie plana y fría de piedra.

Camilla le dio su móvil a Adi y ella cogió el suyo también. Ambos encendieron las linternas y apuntaron a la lápida, en la que, cómo bien había dicho Adi, las letras casi habían desaparecido y apenas eran legibles. Pero era evidente que estaban ahí.

—Mira —dijo Adi—. Pone "Panal", ¿no? No estoy seguro de si se escribe así...

—Eso no importa —dijo Camilla, sintiendo una sacudida en el pecho—. Antes no había una única forma de escribir los nombres. Además, tampoco es que todo el mundo supiera leer, o escribir... —continuó ella acabando la frase con un susurro, mientras pasaba los dedos por esa piedra extremadamente antigua—. Creo que Agnes está enterrada aquí —murmuró—. Y no sólo ella.

—Joder —soltó Adi—. Nos ha guiado hasta aquí. Por alguna razón, *te* ha guiado hasta aquí, Cami.

Pasaron un buen rato intentando adivinar los nombres y fechas que estaban inscritos en la lápida.

Aquí yace Agnes Panal, 1575-1603, querida hija y hermana

"Madre" Salima Panal, 1517-1603, sabia de confianza de Kippax y querida madre

—Agnes tenía veintiocho años cuando murió —dijo Camilla sorprendida—. Eso encaja. Es justo cuando se marchó de Londres.

—Su nombre era Salima —dijo Adi, sin apartar la mirada de la tumba de la madre Pannell—. Tenía ochenta y seis años y fue enterrada con Agnes.

Camilla se puso a buscar otra tumba por la zona, pero no la encontró.

—Mary no está enterrada aquí.

—Lo sabía —dijo Adi satisfecho—. Los relatos se equivocaban. No fue a Mary Pannell a la que ejecutaron aquí, fue a la madre Pannell. Y habrían trasladado el cuerpo de Agnes hasta aquí también.

Camilla necesitaba saber más. Era la tumba de sus antepasadas de hace más de cuatrocientos años. En ese momento, se juró que descubriría lo que le ocurrió a Agnes Pannell.

ACAMPADA

Un grupo de adolescentes, insistiendo en que no le asustan los fantasmas, van a acampar a Pannell Hill para demostrarlo.

Pero cuando se encuentran con Mary, sus secretos comienzan a revelarse.

1

ACAMPADA

Freddie estaba harto, se inclinó sobre su novia e intentó quitarle el encendedor.

—¿Me dejas a mí? —habían montado las tiendas, pero empezaba a hacer frío y pronto anochecería. No tenía ganas de quedarse en mitad del bosque sin ninguna fuente de luz o calor.

—¿Qué te pasa hoy? ¿Por qué te alteras tanto? —preguntó Alice, apartándolo con su cadera—. Espérate, casi lo he conseguido —sujetó la fajina cerca y vio cómo la envolvían las llamas.

—No me pasa nada —insistió Freddie, soltando un suspiro—, estoy bien. ¿Podemos hablar de otra cosa? —sus miradas se cruzaron y ella le asintió sin decir nada. Ninguno de los dos dijo nada durante un buen rato.

Volvieron a escuchar a sus dos amigos diciendo algo desde la espesura del bosque, pero Freddie no pudo distinguir qué decían. Dio una vuelta alrededor de su tienda y la de Alice, pisando bien las piquetas, para asegurarse que estaban bien clavadas en el suelo. Había

unas nubes muy negras en el cielo y, si llovía por la
noche, sus tiendas tendrían que ser herméticas. La tienda
de los otros no estaba tensada del todo, e incluso había
algunas cuerdas que no estaban ni sujetas a las piquetas.
Freddie puso los ojos en blanco. No era su problema.
Metió la mano en la tienda y sacó su esterilla y la de Alice
y las puso junto al fuego, una encima de otra, y se sentó
en ellas con las piernas cruzadas.

Alice, sentada en un montón de ramitas, le lanzó una
mirada asesina desde el otro lado de la hoguera. La falda
se le había enrollado un poco en las caderas.

Los otros dos volvieron de entre los árboles dando
tumbos y riéndose de algo. Tanto Freddie como Alice les
pusieron mala cara.

—¡Alice! ¿Has encendido la hoguera? —preguntó
Luna con alegría.

—Sip —contestó Alice sonrojada, haciendo hincapié
en la "p", como siempre hacía. De esa forma que moles-
taba tanto a Freddie.

Luna se arrodilló en el suelo embarrado junto a Alice
y empezó a hablar con ella tan bajito que Freddie no
pudo enterarse de nada.

Xander soltó un montón de leña en el suelo y se sentó
en la esterilla, junto a Freddie. Soltó un suspiro y apoyó
su codo en el hombro de Freddie.

—La hemos visto —dijo Xander con un brillo de
emoción en los ojos. El despeinado y negro pelo de
Xander le enmarcaba la cara con sus ondulaciones. Tenía
la piel oscura y suave, y sus labios estaban húmedos,
reflejando la luz del fuego.

Freddie se aclaró la garganta y se quedó mirando a las

llamas. Cogió un palo y lo usó para remover la madera, para proteger el centro de la hoguera del viento, y luego añadió uno de los leños que había traído Xander. Le clavó la mirada a Alice, que había desatendido el fuego para ponerse a charlar en susurros con Luna.

—¿A quién habéis visto? —preguntó Freddie irritado.

Xander le dio toquecitos hasta que Freddie le miró a la cara.

—A Mary —murmuró, sin poder esconder su sonrisa.

—*Madre* mía, qué idiota eres —farfulló Freddie.

—No soy ningún idiota —la petulante sonrisa de Xander le iluminaba la cara.

—Sabes que los fantasmas no existen, ¿no?

—Eso no es verdad —le hizo saber Xander, poniendo los ojos en blanco—. Mi tía vio a mi abuelo hace años. Mucho después de que muriera.

—Ya sé que eso es lo que *ella* dice —dijo Freddie. Ya estaba demasiado acostumbrado a las historias que le encantaba contar la tía de Xander—. También es ella la que está siempre con la historia de Mary Pannell.

—Eso es verdad —Xander arqueó una ceja, como atreviéndose a retar a Freddie.

—¿No era ella la que decía que la había visto cuando era niña?

—Y ahora la he visto yo también —contestó Xander con una sonrisa de suficiencia.

—Vete a la mierda —dijo Freddie, empujándole—. Y déjame ya, anda.

—¿Quién quiere cerveza? —preguntó Xander, alargando el brazo sobre Freddie hasta la nevera que habían traído.

—Yo, porfa —dijo Luna, sonriéndole dulcemente y apartando, por fin, su mirada de Alice.

Xander le pasó una cerveza cada una de ellas y luego cogió dos más y le dio una a Freddie. Se sentó otra vez a su lado, muy cerca, pero sin rozarlo.

—Bueno, Luna también la ha visto. ¿A que sí?

—Claro —dijo Luna sin vacilar. Por su expresión, no parecía estar de broma, estaba muy seria—. Se lo estaba contando ahora a Alice.

—Estáis todos locos —dijo Freddie cansado.

—¿Qué te pasa hoy? —preguntó Alice

—¿Y a ti que te pasa ahora? —dijo él resoplando.

—Estás de un humor de perros, no sé qué coño he hecho. Yo sólo...

—Bueno, bueno —la interrumpió Luna—. Vamos a calmarnos. Estamos aquí para pasarlo bien, ¿vale? —dijo tomando un trago de su cerveza y mirando a Alice a la cara—. Vamos a jugar a un juego de beber.

Freddie soltó un gruñido, fulminándola con la mirada.

—¡Sí! —gritó Alice con entusiasmo.

—No se te permite estar de mal humor esta noche —le murmuró Xander haciendo que sus rodillas se tocaran.

—Está bien —accedió Freddie, poniendo los ojos en blanco. Con su rodilla todavía rozando la de Xander.

—¿Al "yo nunca"? —preguntó Luna.

—Uf, odio ese juego —soltó Freddie. Pero los demás no parecieron escucharle.

—Ya vale con el mal humor —le regañó Alice—. Yo empiezo. Yo nunca me he emborrachado tanto que no he podido recordar cómo he llegado a casa —dijo ella, sonriendo a Xander.

—Y no me avergüenzo —dijo él, encogiéndose de hombros y bebiendo de su cerveza, ninguno de los demás bebió.

—Yo nunca he tenido tantas ganas de que este juego se acabara —dijo Freddie con el ceño fruncido y bebiendo.

Xander volvió a empujarle, rozándole el hombro descubierto con las yemas de los dedos.

—Ya vale, tío —le chinchó Xander—. O no te doy más bebida.

Freddie se estremeció al contacto. Una oleada de calor empezó a recorrerle desde donde Xander le había tocado con la yema de los dedos, hasta la parte baja del brazo.

—Está bien —murmuró él.

Xander volvió a inclinarse sobre Freddie para llegar hasta la nevera y sacó dos cervezas heladas más. El hielo de la nevera estaba casi todo derretido, y, cuando se echó hacia atrás para sentarse otra vez, se quedó arrodillado junto a Freddie, dejando las cervezas sobre su regazo y derramándole agua congelada por encima.

—Joder —se quejó Freddie—. Está frío de cojones.

—Perdón —se disculpó Xander, con una sonrisa, sin mostrar un ápice de arrepentimiento. Le sacudió los vaqueros a Freddie, como si pudiera quitar el agua, que había calado en ellos, como si fuera polvo.

Freddie le dejó que pasara las manos por sus muslos, sin molestarse en decirle que no servía para nada, evitando su mirada.

—Me toca —dijo Luna sonriendo—. Yo nunca he tenido sexo en una tienda —se quedó mirando a los demás, y cuando nadie bebió, se pasó la lengua por el labio superior—. Mm —murmuró—. Aún no, al menos.

Alice y Xander rompieron a carcajadas, por la insinuación de que, más tarde, Xander y Luna iban a tener sexo allí, pero Freddie se quedó con cara de mala leche. Las cosas entre Freddie y Alice no estaban yendo bien últimamente. De hecho, ni siquiera se acordaba de la última vez que se habían besado. De una forma u otra, últimamente, nunca encontraban la oportunidad de quedarse a solas. Cuando empezaron, aprovechaban cualquier oportunidad para escaparse al cuartillo de las escobas en el colegio, o para enviarse un mensaje si alguno de los dos iba a tener la casa sola por un par de horas. Las probabilidades de que tuvieran sexo esa noche eran muy bajas, sin importar lo que Luna y Xander hicieran en la otra tienda. Se sacudió esa imagen de la cabeza. Era lo último que quería imaginarse.

—Voy yo —dijo Xander, pasando la yema de sus dedos por la boquilla de su botellín—. Mmm, yo nunca... —empezó a decir dubitativo, perdiéndose en sus pensamientos.

La barba de varios días que le cubría la cara era más incipiente en su labio superior y en su barbilla que en sus mejillas. Freddie no pudo evitar ponerse a pensar en cómo le quedaría si se la dejara crecer.

—¡Ah! —gritó Xander, sobresaltando a Freddie y sacándolo de su ensimismamiento—. Yo nunca he besado a un chico —su mirada se posó directamente en Freddie.

Las mejillas de Freddie se enrojecieron. ¿Por qué estaba mirándole de esa manera?

Xander clavó la mirada en la cerveza de Freddie, que aún seguía en sus manos. Freddie sacudió un poco la cabeza, deseando que cambiaran de conversación.

—Pues entonces, solo nosotros, chicas —dijo encogiéndose de hombros con una sonrisa y levantando su cerveza.

Las chicas brindaron con él y bebieron los tres entre risas.

A Freddie se le secó la boca cuando se dio cuenta de lo que eso significaba. Dejó de escucharlos, ni siquiera escuchó lo que dijo Luna en su turno. Lo único en lo que podía pensar era en repasar uno a uno los chicos de su escuela, intentando adivinar a cuál de ellos podía haber besado Xander. Repasó muchas caras, pero ninguno le parecía el indicado.

—Oye —dijo Alice, tirándole una chapa de botella—. He dicho: yo nunca he pensado que los fantasmas no existen.

—Me cago en la hostia —maldijo Freddie, tomando un trago.

—Para ser sinceros, yo solía pensar que mi tía estaba loca del coño —dijo Xander, tomando también un trago.

Luna se inclinó sobre la hoguera y susurró en voz muy bajita.

—¿Por qué? ¿Qué te ha contado?

Xander sonrió, lanzándole una mirada a Freddie que le *derritió*, antes de inclinarse hacia delante también, poniendo su cara a centímetros de la de Luna.

—Historias de fantasmas terroríficas —le susurró él también.

—Yo nunca he pensado que un fantasma pudiera hacerme daño —dijo Freddie sin poder evitarlo. Sacando a los demás del trance en el que parecían estar.

Xander se echó hacia atrás, alejando su cara del fuego, y bebió.

—¿Qué? —preguntó cuando vio la cara que había puesto Freddie—. No me avergüenzo. Los fantasmas lo ven *todo*. Si los molestas, pueden hacer lo que quieran contigo.

—Y una mierda.

—Venga ya, ¿alguna vez has escuchado una historia real de fantasmas? —le preguntó Xander.

Parecía que se había terminado el juego ya que Luna estaba casi encima del regazo de Alice, y Freddie estaba concentrado en Xander. Él le miraba con brillo en sus ojos.

—He escuchado bastantes historias de fantasmas —insistió Freddie, refunfuñando hacia las chicas—. Pero eso es lo único que son. Historias. Ficción. No han pasado en realidad.

—Seguro que no —dijo Xander mostrando una sonrisa.

Estaba oscureciendo y, exceptuando la luz de la hoguera iluminándole la cara desde abajo, no había más que oscuridad a su alrededor. El sonido del viento a través de las hojas era lo único que se escuchaba, aparte de la respiración exagerada de Xander. Freddie se quedó mirándole el cuello mientras éste tragaba de su botella.

—Está bien —murmuró Freddie, ahora sin desdén—. Venga, cuenta una.

—¿Todos queréis escucharla? —preguntó Xander, arqueando una ceja y bajando la cerveza.

—Por supuestísimo —dijo Luna, sonriendo desde encima de Alice.

Xander empezó a explicar una historia de una mujer acusada de brujería en el siglo XV, aunque su único crimen fue ser lesbiana.

—Es imposible que sepas que eso es una historia real —dijo Freddie después de soltar un bufido, mientras se calentaba las manos en el fuego.

—Ah, ¿no? ¿Eso crees? —preguntó Xander.

—Yo creo que seguro que le gustaba una tía —dijo Alice, mientras ponía una mano en la espalda de Luna y empezaba a acariciarla.

—En realidad, estaba casada —dijo Xander.

—Puede que no rechazara a los hombres, pero tiene un rollo queer, que tira para atrás —dijo Luna con una media sonrisa.

—Antiguamente, a la gente le daba tanto miedo que las mujeres expresaran su sexualidad que acababan creyendo cosas rarísimas —añadió Alice.

Freddie puso los ojos en blanco.

—¿Cómo se supone que iba alguien a expresar su sexualidad en el siglo XV? —preguntó.

—Convivía con una mujer, ¿sabes? —dijo Luna sonriendo—. Se dice que Mary vivía con una mujer que se llamaba Elizabeth, desde que murió su marido, hasta que murió ella.

—A lo mejor sólo eran...

—¿Amigas? —soltó Alice—. Sí, ya, gracias por el apunte. Muy original.

—Alice, tampoco está equivocado —dijo Luna dulcemente, acariciando la espalda de Alice—. En realidad, no sabemos qué relación tenía con Elizabeth.

—Pues lo que yo he dicho —le dijo Freddie, lanzándole una sonrisa de satisfacción a su novia.

—Vale, pero tampoco es mentira que la gente, en esa época, amenazaba a los que creían diferentes. Hay muchas historias de mujeres en relaciones con otras mujeres que fueron ignoradas o perseguidas, pero nunca se ha hablado abiertamente de ellas —admitió Alice.

—Es verdad —añadió Xander—. Mi tía me contó que, en realidad, la homosexualidad en las mujeres no era ilegal. Mucha gente ni siquiera pensaba que existiera. No pensaban que las mujeres pudieran ser lesbianas.

—Pero cuando lo supieron, las acusaban de brujas —dijo Alice—. O como mínimo, desconfiaban más de ellas. Solían odiar a cualquier mujer que viviera con éxito sin tener marido. Eran débiles, y a menudo, eran señaladas en las comunidades.

—Ajá... —musitó Xander coincidiendo con ella—. No tenemos ningún registro del juicio de Mary Pannell, así que no sabemos exactamente qué dijeron sus vecinos y amigos en sus testimonios, pero sabemos que la declararon culpable.

—¿Culpable de brujería? —preguntó Freddie mirando a Xander a los ojos.

—Exacto —contestó él—. Era conocida en la comunidad por sus remedios herbales y los brebajes con los que trataba varias enfermedades.

—Eso es aún peor —dijo Alice poniendo mala cara —. Fue acusada por la gente que ayudó. ¿Y todo por que amaba a una mujer?

—También era pobre. Era criada de la familia Witham y era una marginada. Vivía en una pequeña cabaña en Kippax, justo fuera del núcleo de la ciudad. Así que no sabemos si fue señalada, acusada y *condenada* por su sexualidad —reflexionó Xander.

Hubo una pausa y Luna se quedó mirando a los árboles y dijo.

—A veces, simplemente, te das cuenta de este tipo de cosas.

—Qué estupidez —soltó Freddie, bebiéndose su cerveza. Ya estaba a tono, aunque siguiera de mal humor.

—A mí me ha parecido lesbiana —masculló Luna, mientras se echaba en Alice.

—¿Cómo cojones puede parecerte lesbiana una aparición fantasmal? —le espetó Freddie.

Alice le fulminó con la mirada.

—Y tú qué coño sabes —dijo Alice, arrepintiéndose justo después de decirlo y abriendo los ojos de par en par, como si no hubiera querido decirlo en voz alta.

—Pues muy bien —soltó molesto Freddie, después de cavilar un momento.

—¿Qué? —preguntó Alice.

—Vamos. Vamos a encontrar al fantasma y veamos si parece lesbiana —dijo Freddie, terminándose su bebida y tirando la botella al suelo. Se levantó de un salto y, sin esperar a que los demás le siguieran, se dirigió a la espesura del bosque.

Escuchó pasos detrás de él y se imaginó la risa de

Xander. Le costó un rato darse cuenta que no se la estaba imaginando. Que estaba ahí, pasándole otra, totalmente innecesaria, cerveza.

—Te has dado cuenta de lo estúpido que has sonado, ¿verdad? —le preguntó Xander, apoyando su codo en el hombro de Freddie, mientras caminaban uno junto al otro.

Freddie no lo apartó. Se dio cuenta de que su contacto le hacía mantenerse calmado, aunque aún podía sentir el abotargamiento del alcohol. Conforme se iban adentrando en el bosque fue acercándose cada vez más a él hasta que, al final, Xander tenía el brazo colocado sobre los hombros de Freddie.

Estuvieron callados durante un buen rato hasta que Xander apretujó a Freddie contra él y le susurró al oído.

—¿Oyes eso?

Freddie miró de un lado a otro. Se escuchaba el crujir de hojas, pero más alto de lo que esperaba que sonaran al ser movidas por el viento.

—¿Has sido tú? —le preguntó a su amigo.

—Yo he estado contigo todo este tiempo —le contestó Xander, arqueando una ceja.

Ya sabía que había estado ahí, pero Freddie seguía sin creer que ese ruido pudiera tener algo que ver con un fantasma.

—*No* es el fantasma de Mary —insistió en un susurro.

—Averigüémoslo —dijo Xander mostrándole una sonrisa. Se separó de Freddie y empezó a andar sigilosamente entre los árboles, cuidando cada paso que daba e intentando pisar sobre rocas o troncos de árboles siempre que podía. Minimizó cualquier ruido intentando no pisar ramitas ni aplastar hojas.

Freddie se desilusionó al perder el contacto con Xander. Siguió a su amigo sigilosamente, extrañamente deseoso por saber de dónde venía el ruido. Pensaba que seguramente era un zorro, o quizás una rata.

Pero, por alguna razón, sintió una ráfaga de emoción cuando vio a Xander esconderse detrás del tronco de un viejo roble. Xander tiró de él para que se le uniera.

Se le aceleró el pulso cuando Xander lo presionó contra el tronco. Ambos miraban hacia un pequeño claro del que venían los ruidos, el pecho de Xander estaba apretujado contra la espalda de Freddie.

—Joder, míralas —le susurró Xander al oído.

Freddie se dio cuenta de que no había visto nada. Estaba demasiado centrado en la cercanía con su amigo y en su respiración.

Pero, frente a ellos, estaban Alice y Luna. Abrazadas, gimiendo suavemente mientras se besaban. La mano de Luna se movía peligrosamente hacia la parte baja de la espalda de Alice, y ella no parecía querer pararla. El sonido de los besos húmedos de las chicas hizo que sus novios las miraran, embelesados, hasta que Xander giró a Freddie y lo puso contra el tronco.

Freddie se quedó mirándole, con los ojos abiertos de par en par.

—¿Qué estás haciendo? —preguntó gesticulando con la boca. No hizo ningún ruido, pero Xander sonrió, como si le hubiera leído los labios.

—¿Tú qué crees que estoy haciendo? —preguntó Xander, sonriendo mientras se inclinaba hacia él.

Eso fue demasiado para Freddie. Se le pasó la borrachera de repente y lo alejó de un empujón.

—Vale ya —le dijo entre dientes. Una emoción se despertó en su interior, algo parecido a la ira. La imagen de su novia besando a otra chica se le había quedado grabada a fuego. No era aceptable. ¿Cómo podía hacerle eso? Apartó a Xander, sacó su teléfono y empezó a apuntar a las chicas.

Todavía se lo estaban montando y la mano de Luna ya había desaparecido bajo la falda de Alice.

—No me jodas, no irás a... —Xander intentó quitarle el móvil, pero Freddie volvió a apartarlo.

Pulsó el botón para grabarlas.

Xander volvió a intentarlo, pero Freddie lo mantuvo a raya, cogiendo su móvil en alto, lo más alejado de él.

—No puedes grabarlas sin su permiso —le susurró Xander.

Freddie resopló con burla.

—Puedo hacer lo que me dé la gana —susurró, inclinando un poco el móvil para que salieran las dos—. Es *mi* novia.

—Tío, no hagas esas mierdas —le susurró Xander, torciendo el gesto—. ¿Qué piensas hacer con ese video?

—Es una prueba, por si intenta negarlo —dijo Freddie arrastrando las palabras. Tenía la sartén por el mango, y no iba a dejar que su amigo le dijera lo contrario—. Es una prueba de que me la ha pegado con Luna, y de que estoy al tanto de ello.

—¿Para qué coño necesitas una prueba? —soltó Xander, enfadado—. No es un puto juicio, gilipollas.

—Ya lo sé —dijo, mientras pensaba en qué otras posibilidades tenía—. Puedo compartirlo por ahí. Podría publicarlo en las redes. Hacerle la puta vida imposible —había tal desdén en el tono de su voz, que ni siquiera él podía reconocerlo.

Evidentemente, Xander tampoco, porque retrocedió, fulminándolo con la mirada.

Pero antes de que pudiera explicarse, o arrepentirse de lo que había dicho, una ráfaga de frío le hizo estreme-cerse. De repente, le empujaron, haciéndole caer al suelo.

Freddie dejó escapar un grito, el terror se apoderó de él. Sintió como si un animal hubiera embestido contra él, se imaginó como si un gran ciervo con astas largas y afiladas se dirigiera directamente hacia él. Apenas podría defenderse y acabaría atravesado por aquellas astas, y Xander y las chicas saldrían huyendo hacia un lugar seguro.

Estaba bocarriba con la boca llena de tierra, giró su cabeza para intentar ver qué le había embestido. Pero no había ningún animal. No había rastro alguno de ninguna criatura. Freddie escupió lo que tenía en la boca, que no sabía qué era, en sus manos, antes de tirarlo al suelo. Se pasó la lengua por los dientes y se estremeció.

—¡Mierda! —gritó Xander, cogiéndolo de la muñeca —. No tragues...

Las chicas se separaron y corrieron hacia ellos.

—¿Qué estáis haciendo? ¿Estabais mirando cómo...? —empezó a decir Luna.

—Luna, por favor. No es el momento —le inter-rumpió Xander.

—¿Qué estabais haciendo? —preguntó Freddie, con el ceño fruncido, aún con la boca llena de tierra.

—¿Ves esos hongos? —preguntó Xander, apuntando al suelo.

En el suelo había un montón de hongos de colores vistosos, machacados de haber estado en la boca de Freddie.

—Mierda, ¿son venenosos?

—Muchísimo —respondió Xander, buscando una botella de agua en su mochila—. Enjuágate la boca con esto. No tragues, bajo ninguna circunstancia —dijo mientras rebuscaba en su mochila, intentando ver qué más podría servirles de ayuda.

Freddie le hizo caso y se enjuagó la boca. Y, con una mirada, le agradeció a su amigo cuando le pasó una botellita de enjuague bucal y unos chicles.

—Qué cosa más rara —dijo Alice, mirando como Freddie intentaba, desesperadamente, eliminar cualquier rastro de veneno de su cuerpo—. Estabais escondidos en los arbustos, ¿mirándonos? Y entonces, ¿te has caído accidentalmente sobre un montón de hongos venenosos? —dijo lanzándole una mirada a Luna—. ¿Se supone que es una broma?

Freddie escupió el enjuague bucal en el suelo del bosque, luego se volvió a pasar la lengua por los dientes para asegurarse de que ya no quedaba ningún rastro de hongos venenosos.

—¿Dónde le ves tú la gracia a esto? —le preguntó echándose unos chicles en la boca, desesperado por notar el sabor a fresco y limpio en la boca.

Alice se puso roja como un tomate, pero no respondió, sino que se acercó a Luna, que la rodeó con el brazo.

Eso fue la gota que colmó el vaso para Freddie. Cogió a su novia de la muñeca e intentó alejarla de Luna.

—Aléjate de ella —le murmuró.

Los ojos de Alice reflejaban el miedo cuando la tocó.

—Quítale las manos de encima —le gruñó Luna enfadada.

Freddie apenas era consciente de lo que estaban hablando. Tenía la mente embotada y estaba confundido. Lo único que tenía claro, era que estaba cabreado con su novia y que quería que se *alejara* de Luna lo antes posible. No la soltó.

—No tiene gracia, tío —le dijo Xander, entornando sus ojos—. Si no la sueltas ahora mismo...

Antes de que Xander pudiera terminar de hablar, Freddie volvió a sentirlo. Ese frío helado, que volvió a tirarlo al suelo. Gimió e intentó rodar, para ver cuál de sus amigos le había empujado. Suponía que se lo merecía. Pero estaba ebrio, solo quería hablar con su novia.

Sin embargo, alguien lo pisaba para que no se levantara.

—Oye, Xander —farfulló contra el suelo—. No puedo respirar, deja que me levante —le suplicó.

Escuchó susurros, pero no le quitaron el pie de encima. Tenía un frío glacial, pero podía ser porque estaba en el suelo.

—En serio —dijo como pudo, intentando respirar, pero volvieron a empujar su cara contra el suelo. Empezó a entrar en pánico. Vale, había sido un gilipollas, pero eran sus *amigos*. No iban a hacerle daño, ¿no?

Se escucharon más susurros a su alrededor, como si estuvieran cerca, pero hubiera una barrera que los amortiguara y no pudiera entender lo que decían. Apretó los puños, entrando tierra bajo sus uñas.

—Lo... —intentó decir, luchando de nuevo por hablar —... siento —consiguió terminar de decir entre su respiración agitada.

Escuchó un grito justo encima suya. Era de una chica. De Alice. Se imaginó su cara. Las hermosas curvas de sus pómulos y los hoyuelos que le salían cuando le sonreía sólo a él. *Lo siento*, pensó, como si sus pensamientos se desvanecieran en el vacío.

—Mirad —dijo la voz de un chico, jadeando—. ¿Habéis visto eso? —Xander. Era Xander.

—Parece que está despertando —dijo Alice en un tono extrañamente agudo.

Freddie abrió los ojos lentamente, apenas se veía nada. Estaba tumbado bocarriba en el suelo frío y húmedo del bosque. Xander estaba de pie junto a él, mirándole.

Un destello de alivio iluminó la cara de su amigo cuando Freddie empezó a toser y se sentó.

—Eso es —murmuró Xander, acercándose para acariciarle la espalda—. Ya está —dijo, sonriendo con tristeza.

—¿Qué... dónde...? —preguntó Freddie, confuso. ¿Por qué le miraba así Xander?

—Joder, estás bien —dijo Alice, apretándole la mano. Tenía lágrimas en los ojos y las mejillas enrojecidas.

Le inundó la culpa cuando vio a su novia y recordó lo que había hecho.

—Lo siento, Alice. Lo siento tanto... Estaba enfadado y quise pagarlo contigo...

—No pasa nada —dijo ella, soltando un suspiro y sosteniéndole la cara con su mano.

—Sí que pasa —dijo él con una mueca—. No pretendía... —dijo sin terminar la frase. No sabía cómo explicarle que no pretendía agarrarla así. Ni siquiera era consciente de lo que estaba haciendo. No era *él*. No lo sentía como algo que él pudiera hacer. Nunca le había levantado la mano a una pareja y no podía entender qué le había hecho reaccionar así en ese momento.

—Lo sé —dijo ella.

—Y Luna y tú... —comenzó a decir, deseando aclararlo todo—. Lo siento, me he cabreado tanto... —no le importaba que estuviera con Luna, si eso era lo que ella quería, pero le había hecho daño. Había tomado una decisión precipitada y quería retractarse. No dijo nada de eso, pero esperaba que ella entendiera que eso era lo que quería decir.

—Estabas grabándonos —le dijo ella.

—Lo sé, joder —le dijo él frunciendo el ceño—. No sé porque cojones pensaba que era una buena idea.

—Yo tampoco —admitió ella.

—¿Cómo? —le preguntó Freddie, confuso.

—Yo... verás... —empezó a decir poniendo caras raras —... Sabía que estabais ahí.

Freddie dirigió su mirada a Luna, que estaba arrodillada un poco más lejos, mirándolos atentamente.

—¿Ya lo sabías cuando la besaste?

Alice asintió.

—Quería ver qué hacías. Quería que te enfadaras.

Freddie suspiró irritado, apartándole la mano. Así no se suponía que tenían que ser las relaciones. Se estaba volviendo una mierda de persona y se avergonzaba de ello. No quería ser así. Ella se merecía algo mejor que él. Vaciló un poco antes de susurrar.

—Esto no funciona.

Ella se quedó callada mirándolo y asintió.

—Lo sé.

Hasta hace poco, siempre había sentido que la conocía muy bien. Pero mirándola ahora, parecía que volvía a conocerla. Era como si ella se hubiera abierto de nuevo a él y ya no tuviera miedo.

—Venga, tío —dijo Xander, separando a Alice de él de una manera extraña y ayudándole a levantarse—. Déjate de tonterías, ¿vale? Que me deprimes.

—No creo que sea deprimente —dijo él, encogiéndose de hombros y sonriéndole a Alice—. Creo que hace tiempo que ya no estamos juntos. Puede que ahora podamos pasar página.

Alice le lanzó una mirada de compenetración y, en ese momento, él supo que le había entendido.

—Vamos, Luna —le dijo Alice, cogiéndole la mano—. Es tarde, vamos a dormir. No creo que el fantasma de Mary siga enfadado.

—¿El fantasma de Mary? —le preguntó Freddie a Xander, mientras veía como ellas se alejaban.

—¿De qué otra manera podrías explicar lo que acaba de pasar? —le dijo él con una sonrisilla.

—¡Has sido tú! —insistió Freddie—. Me has pisado... no me podía levantar... —pero mientras lo decía, se daba cuenta de que no podía haber pasado.

Xander nunca le haría daño. Y, quienquiera que le hubiera presionado contra el suelo, evitando que sus amigos le ayudaran y dejándolo sin respiración, no era su amigo. Xander le miró, inclinando la cabeza, como intentando adivinar algo.

—Lo siento —murmuró Freddie—. He dicho una estupidez. Sé que nunca me harías eso.

Xander lo abrazó y le dio varias palmadas en la espalda.

—Por supuesto que no —dijo él, riéndose raro. Le abrazó más rato del que esperaba, y cuando volvió a hablar, lo hizo con la voz entrecortada—. Somos colegas.

Freddie se separó un poco de él para ver que las pestañas de Xander estaban húmedas. Esas pestañas largas y oscuras. Esos ojos, mirándolo fijamente. Sin pararse a pensar qué significaba, sin pararse a considerar las consecuencias de sus actos, Freddie presionó sus labios contra los de Xander. Y este se fundió en él, rodeándole con los brazos, con sus manos agarrándole la cintura. Separó los labios y sus lenguas se encontraron, jugando una con la otra como si llevaran haciéndolo toda la vida.

Fue un beso muy largo, y cuando, al final, Freddie se separó, se deleitó al ver los labios de Xander húmedos y brillando a la luz de la luna.

—Gracias, Mary —susurró Freddie, y volvió a inclinarse sobre él.

MADRE

Cualquier testigo del fantasma de Mary Pannell, está maldito. Condenado a perder a algún familiar muy pronto.

Eso reza la leyenda. Pero Kathy está dispuesta a demostrar que ya no tiene miedo de una vieja historia de fantasmas.

Este relato contiene algunos temas que podrían resultar perturbadores.

1

BOSQUE

Kathy paseaba por el camino en la escasa claridad que quedaba por la tarde, abrigándose bien con su rebeca. Resopló al ver cómo su hijo saltaba en un charco bastante profundo.

—¡Leo! —le regañó al ver que se había manchado la camiseta con salpicaduras de barro.

Pero él no se dignó ni a mirar a su madre, parecía estar muy emocionado con la posibilidad de encontrar charcos aún más profundos en los que chapotear.

—Qué pesadilla... —refunfuñó Kathy. El viento que soplaba hacía que su pelo, normalmente peinado de manera perfecta, estuviera molestándole en la cara. Cogió una pinza que llevaba siempre en el bolsillo delantero de su bolso y enroscó su rubia melena en un recogido perfecto—. Y vaya tiempo más raro hace hoy.

Eve no se preocupaba tanto por su pelo y simplemente lo dejaba revolotear al viento. Sonrió y asintió a su hijo, que parecía nervioso mirando a Leo.

—Anda ya, si es una monada. Y mira, creo que Noah también quiere jugar.

—¡Leo! —le llamó Kathy—. No te alejes. Quédate con Noah —su hijo volvió y le susurró algo a Noah.

Noah le lanzó una mirada tímida y se fue detrás de él, pasando por los charcos en los que Leo iba saltando.

Kathy se volvió hacia Eve y puso los ojos en blanco.

—Perdona. Se distrae muchísimo y acaba yéndose él solo.

—Bueno, no te preocupes. Noah le adora —insistió Eve—. La verdad es que ha estado preocupado porque empieza el cole, pero en cuanto le dije que Leo también iba a empezar, de repente, ya *quería* ir.

—Estos niños van a ser muy buenos amigos por mucho tiempo —dijo Kathy, sonriendo—. Lo presiento.

—Nos aseguraremos de ello —dijo Eve que se quedó pensativa. Sus hijos ya no podían escucharlas, aunque ellas aún podían verlos perfectamente. Bajó la voz preocupada—. Sé sincera. ¿Cómo estás?

Kathy se ajustó el bolso y se aclaró la garganta.

—Estoy bien.

Eve soltó un suspiro y aminoró el paso cuando vio que Kathy también lo hacía.

—No creas que no me he dado cuenta. Has llegado tarde todos los días esta semana y no has venido a almorzar con nosotros.

—No, eso no... Es decir, yo no... —empezó a decir Kathy.

—No intento entrometerme —la interrumpió Eve—. Pero puedes contarme lo que sea —le dijo con una voz calmada. Nunca la presionaba, pero, aun así, Kathy acababa revelando cosas cuando hablaban. Eve era amable y te hacía sentir cómoda. Era una de las cosas que la hacían una enfermera excelente.

Kathy se quedó callada, pensando en la semana anterior. Era cierto que había llegado tarde al hospital varios días. Todos los días sería exagerar, pero es cierto que no estaba muy centrada últimamente.

—Lo sé —murmuró.

—¿Cómo van las cosas con Alan? —preguntó Eve, yendo directa al grano.

—Se ha mudado —admitió Kathy con un mohín. Se quedó mirando al frente, hacia el prado, donde estaba su hijo, que era demasiado pequeño para entender las dificultades por las que estaban pasando sus padres—. Este finde se lleva a Leo, y creo que va a implicarse como padre, sin importar lo que pase entre nosotros.

—Mmm —fue lo único que dijo Eve.

—No quiero hablar de ello —dijo Kathy, soltando un quejido.

—No te juzgo —dijo Eve, curvando sus labios en una sonrisilla—. Llevo divorciada cuánto... ¿cinco años? Y no puedo decirte que eche de menos estar casada.

Kathy desearía poder estar tan segura de que estaba mejor divorciada. Pero es que, ahora, no le apetecía para nada hablar de ello.

—Bueno y, ¿por qué querías venir hasta aquí hoy? —preguntó Kathy poniéndose un mechón de pelo tras la oreja. Se había acostumbrado a pasar tiempo con Eve, que hacía sobre un año que se había mudado al norte, y habían conectado muy bien. Pero, generalmente, cuando

pasaban el rato juntas, era para que sus niños jugaran en
alguna de sus casas.

—¿Has subido hasta aquí alguna vez? —preguntó
Eve, arqueando una ceja, con una mirada que indicaba
que tenía algún secreto.

—Claro que sí —dijo Kathy, frunciendo el ceño—.
Llevo toda mi vida viviendo en Kippax.

—No me refiero a estos prados —aclaró Eve—. Si no,
allí, al bosque —dijo señalando Pannell Hill que se
encontraba justo al otro lado de la carretera principal.

—Ni loca, qué va —soltó con un miedo palpable en
la voz.

—¿No? —preguntó Eve, elevando el tono, picándola.

—Uf —suspiró Kathy—. Ya te han estado contando
cosas, ¿no?

—Venga ya, no me digas que tienes miedo a los
fantasmas —le chinchó Eve, cruzándose de brazos
conforme avanzaban hacia la carretera principal.

Leo se quedó al filo de la carretera, mirando hacia el
bosque.

—¡Leo! —gritó Kathy.

—¡Noah! —llamó Eve a su hijo—. No te acerques
tanto a la carretera. Espera a mamá.

Noah cogió a Leo por la camiseta y tiró de él, sacándolo de la carretera.

—Vuelve aquí, Leo —le ordenó Kathy, aunque su hijo
no hacía caso. Los niños esperaron junto a la carretera a
que ellas llegaran.

Una vez llegaron, cada una le cogió la mano a su hijo
y esperaron a que no pasara nadie para cruzar. Había

muchos coches pasando a alta velocidad y hacían mucho ruido.

—No sé yo... —dijo Kathy, sin apartar la mirada de los árboles—. Se hace tarde...

—No es tan tarde —le replicó ella—, simplemente estamos casi en otoño, así que está algo más oscuro que de costumbre.

—Pues eso —le contestó Kathy—. Está oscuro, y eso significa que es peligroso. Sobre todo, para los niños.

—El bosque no es tan espeso —insistió Eve—. Y no oscurecerá del todo hasta dentro de unas horas. Podremos ver perfectamente. Vamos a dar un paseíllo y luego volvemos, ¿vale?

Kathy se pasó la mano por la cabeza, frustrada.

—¿Por qué tienes tantas ganas de ir allí?

—¿Nunca te has preguntado si es cierto? —preguntó Eve.

Antes de que Kathy pudiera contestarle, dejaron de pasar coches y Eve y Noah aprovecharon para cruzar. Kathy y Leo cruzaron tras ellos.

—Mamá... —se quejó Leo, intentando soltarse de su madre.

—Leo, ten cuidado —le dijo Kathy, apretando su mano—. Si te suelto, no te alejes mucho. En cuanto no puedas escucharnos hablar a mí y a Eve, vuelves. ¿Entendido?

—Que sí... —murmuró él, dando saltitos alternando un pie y otro, emocionado de poder explorar el bosque.

—Y *no te separes* de Noah. ¿Me lo prometes? —preguntó Kathy.

—Te lo prometo —dijo Leo, mirando a su madre a los ojos.

—Buen chico —susurró Kathy, besando la mano de su hijo y dejándolo marchar.

Leo y Noah se quedaron cerca. Primero intentaron escalar un árbol que tenía las ramas bajas, pero ninguno de los dos llegaba bien.

—No es verdad —dijo Kathy, soltando un suspiro, mientras miraba a los chicos.

—¿El qué? —preguntó Eve, que iba un poco por delante de ella. Cuando estaban a punto de alcanzar a los niños, éstos se aburrieron del árbol y se fueron corriendo hacia delante, persiguiéndose entre ellos entre los árboles.

—La leyenda. No creo que Mary Pannell se aparezca en estos bosques.

Eve puso los ojos en blanco.

—Si de verdad creyeras eso, ¿por qué no has estado antes aquí?

Kathy se negó a contestarle. Se quedó mirando a los niños entre los árboles y, cuando una ráfaga de aire helado le rozó el cuello, llamó a su hijo a voces—. ¿Leo? —una oleada de dolor le recorrió el cuerpo, empezando por su cuello. Podía sentir que algo iba mal. Que alguien más estaba allí con ellos. Observándolos.

Una mano le presionó en el pecho y casi le da un infarto.

—Kathy, soy yo —le murmuró Eve, acariciándole la espalda suavemente.

Kathy se volvió para ver que Eve estaba justo detrás de ella, mirándola con curiosidad.

—Ah... —dijo ella confundida.

—¿Seguro que te encuentras bien? —le preguntó su amiga—. Te has... desconectado durante un momento.

Parecía que, a su alrededor, el bosque estaba más oscuro. Ahora estaban rodeadas de árboles y, aunque aún veía a los niños más adelante, arrodillándose y rebuscando entre las hojas, se sentía desorientada—. Lo... uf... lo siento. Creía haber sentido a alguien.

—¿Te refieres a mí? —preguntó Eve, extrañada y apartando su mano—. Estaba comprobando que estuvieras bien.

Últimamente, Kathy, no dormía bien. Seguro que esa era la razón por la que le había pasado eso.

—Sí —mintió ella—. Me has sobresaltado, eso es todo.

Después de eso, siguieron caminando en silencio. Kathy esperaba que ya hubiera acabado, pero aún seguía con los nervios de punta. Ese escalofrío que había sentido, esa mano. No había sido Eve.

—Estoy pensando en volver a tener citas —dijo Eve al rato.

—¿Sí? —dijo Kathy intentando, con todas sus fuerzas, sonar interesada, pero su mente estaba muy lejos de allí. Y no dejaba de quitarle el ojo de encima a su hijo.

—La verdad es que he estado hablando con alguien últimamente —admitió—. Al principio era un poco exigente, así que pensaba...

Una figura apareció delante de ellas. La silueta de una mujer. Kathy estaba segura de ello al cien por cien.

—¿Has visto eso? —preguntó alterada, señalándola.

—¿El qué? —dijo Eve—. Como te decía...

—Eso —insistió Kathy, acelerando el paso, intentando alcanzar a quien fuera que estaba allí. Había desaparecido entre la oscuridad de la espesura del bosque—. ¿Le echas un ojo a los niños?

—¿Qué? —preguntó Eve, confundida—. Pero, ¿a dónde vas?

Kathy vio el dobladillo de un vestido entre los arbustos y se fue corriendo tras él, ignorando a su hijo que la llamaba tras ella y a los gritos de Eve tras él. Apartando con dificultad las ramas, sin importarle los arañazos que le estaban dejando en los brazos, pasando por un camino lleno de altas malas hierbas, siguió el susurro de hojas que escuchaba justo delante. Volvió a ver el vestido, estaba segura de que había una mujer huyendo de ella.

—Espera —le dijo Kathy, sin aliento—. ¿Dónde vas? No voy a hacerte daño —pero siguió persiguiéndola. Puede que por simple curiosidad. O quizás quería probar que esa silueta no era un fantasma. Que *no* se estaba volviendo loca.

Al final, llegó hasta un claro. Esa zona estaba iluminada. Se encontró delante de una llamarada, justo bajo una pila de leños. Una pira. Kathy estaba justo delante de una pira enorme, encima de la cual yacía un cuerpo. El cadáver de una mujer que llevaba el mismo vestido que había estado persiguiendo por el bosque.

Tras ella se escuchó un grito. El grito de un niño. Uno que le era inquietantemente familiar.

—¿Leo? —gritó Kathy. Les dio la espalda a las llamas y salió corriendo en dirección al grito de su hijo. Con las prisas, tropezó con una rama. Cayó con las manos, arañándoselas. Pero se levantó y siguió adelante—. ¡Leo! —volvió a gritar cuando no escuchó respuesta. Todos los árboles le parecían iguales. Era como si nunca fuera a encontrar el lugar de donde procedía el grito.

—¿Kathy? —la llamó Eve.

Kathy ignoró a su amiga, necesitaba encontrar a Leo. En ese mismo momento. Ahora no la estaba guiando ninguna silueta fantasmal. Se sentía impotente, pero siguió corriendo sin rumbo, desesperada por encontrar a su hijo.

El borde de una sucesión de rocas escarpadas hizo que parara en seco. Incluso en la oscuridad, con la luz de la luna atravesando la copa de los árboles, pudo ver los picos afilados. Los charcos brillaban, resbaladizos. A Kathy se le vino el mundo encima. Sabía lo que había pasado antes de verlo. Fue como si lo sintiera.

Aun así, se las arregló para avanzar un poco más, hasta que llegó al borde. No estaba muy alto, pero eso no había importado.

Leo yacía allí, al pie de esa pequeña colina, con su cuerpo retorcido de manera extraña en el suelo, y con sangre saliéndole de la herida que tenía en la cabeza. Impregnando el suelo bajo él a una velocidad vertiginosa. Tenía manchitas rojas por su camiseta blanca, cubriéndolo más y más con cada segundo que pasaba.

—¡Kathy! —volvió a llamarla Eve, ahora desde más cerca.

Kathy pasó a la acción, saltando a la zanja que no había visto antes. Se rasgó la rebeca y empezó a envolverla con fuerza en la cabeza de su hijo, antes de poner la mano delante de su boca.

No respiraba.

Comprobó su reloj e, inmediatamente, empezó a hacerle un masaje cardiovascular.

—¡Llama a una ambulancia! —le dijo a Eve—. No respira, así que he empezado a hacerle una RCP.

—Mierda, mierda, mierda —murmuró Eve.

Kathy no estaba en condiciones de decir nada más, no podía centrarse en otra cosa. No escuchó los ofrecimientos de Eve para cambiarse por ella, ni respondió cuando escuchó los llantos de Noah. Estaba concentrada en su niño. En Leo. En hacer lo que hiciera falta para que volviera con ella. Por muy agotador que fuera seguir con el masaje cardiovascular.

El sudor le corría por su frente y el tiempo parecía transcurrir sin que se diera cuenta, porque, de la nada, un paramédico apareció junto a ella, diciéndole algo que no quería escuchar.

—¿Qué? —dijo Kathy, saliendo de su concentración.

—¿Cuándo empezó con la RCP? —preguntó un joven con rapidez, pero con la voz calmada. Conciso y directo.

—Empecé a las 19:25 —confirmó Kathy. Miró de nuevo su reloj. Mierda. Habían pasado veinte minutos—. Soy enfermera, he empezado nada más encontrarlo.

—Déjeme —dijo él, cogiéndole el relevo. Su compañera apareció, portando una caja.

—Te he traído el desfibrilador.

—Gracias —le dijo él, dejándola que le colocara los electrodos, uno en la parte superior del pecho de Leo, y otro en la parte baja, mientras él continuaba con el masaje, arrodillado encima de su hijo, empequeñeciéndolo—. ¿Cuánto rato pasó desde que cayó hasta que lo encontró? —preguntó él, empezando a jadear.

Kathy se quedó callada. No se había parado a comprobar el tiempo que había pasado desde que había escuchado su voz, hasta que lo había encontrado.

—Joder —murmuró—. Pues... no mucho. Puede que un par de minutos.

Él no le respondió, pero dejó de hacerle la RCP cuando la otra paramédica hubo preparado el desfibrilador.

Kathy no se molestó en escuchar la estúpida voz pregrabada en el aparato. Simplemente se quedó mirando, ignorando todo a su alrededor, mientras el pequeño cuerpo de Leo se elevaba en el aire, agitado por la corriente eléctrica. Se quedó mirando, con lágrimas inundándole los ojos y cayendo por sus mejillas, mientras le rogaba en silencio a cualquier dios que pudiera existir para que le trajera de vuelta a su niño. Que la devolviera a ella con su hijo.

Pero no sirvió de nada.

Leo no volvió a respirar.

Kathy sintió que ella tampoco podía seguir respirando.

2

CONSECUENCIAS

Kathy estaba como ausente en los días posteriores a la muerte de Leo. Era consciente de que pasaba el tiempo, de los amigos y los compañeros pasándose a ver cómo estaba, pero estaba todo borroso. Como un sueño. Como si no fuera real.

Eve pasaba mucho por allí. Le traía comida, si no fuera por ella, Kathy no hubiera comido nada. Ya no pensaba en ella misma. Lo único en que podía pensar era en su hijo, en esa camiseta llena de manchas de sangre. En su cabeza envuelta con su rebeca. En ese masaje cardiovascular interminable que no había servido para nada.

Los recuerdos le llegaban en imágenes. En recuerdos sin sonido de los momentos que había pasado con Leo. Lo vio riéndose desde el otro lado de la habitación. Estampando el pie contra el suelo, frustrado, cuando no conseguía ponerse el zapato. Saltando en los charcos embarrados que le manchaban la ropa. Cada recuerdo la devolvía a ese lugar. A ese bosque al que nunca había ido de pequeña. Había evitado ir a ese lugar porque, algo en su interior, sabía lo que pasaría. Una parte de ella siempre había sentido que había algo en los relatos.

Se odiaba a ella misma. Se despreciaba por no hacerles caso. Al fin y al cabo, todas las leyendas tenían su origen en algo real. No habían salido de la nada. Los relatos de Mary Pannell habían perseguido ese lugar por siglos, pero Kathy creía que estaba por encima de ellos. Se creía que era inmune a los riesgos, y ¿para qué le había servido? ¿Para dar una vuelta por el bosque con una amiga? ¿Por salir con su hijo a jugar fuera? Podría haberse quedado en las praderas cercanas y no habría pasado nada de esto. Su vida nunca se habría hecho trizas tan brutalmente. Podría tener a su hijo.

El funeral pasó como borroso. Sólo era vagamente consciente de que tenía familiares y amigos junto a ella. Le dieron la mano, le susurraron palabras consoladoras al oído. O, simplemente, susurraban lo que creían que la consolaría.

Alan estuvo allí. Al menos, a Kathy le pareció verlo. La primera vez que lo vio, tenía a un pequeño Leo en su regazo. Lo hacía rebotar en sus rodillas y Leo se reía. Una parte de ella sabía que no se había reído antes. Que era su primera vez. Pero no tenía sentido. Eso había pasado hace años.

Había varios platos con comida a lo largo de la mesa, y alguien le trajo un plato a Kathy, poniéndoselo en la mano.

—Come algo.

Kathy miró hacia arriba y miró a Alan a la cara, esta vez con una expresión diferente. Parecía que se había cortado el pelo y sus arrugas estaban mucho más marcadas. Estaba claramente enfadado, sus labios apretados y sus ojos, lo delataban. Pensó que este sería el verdadero Alan. El Alan que también había perdido a un hijo.

Empezó a comer cucharadas de algo insípido hasta que le pareció que los de alrededor dejaban de mirarla preocupados. Se quedó sentada allí durante incontables horas, esperando a que la gente se fuera. Que la dejaran en paz, para que pudiera ordenar sus pensamientos. Para averiguar qué coño iba a hacer ahora.

Alan fue la última persona en marcharse. Kathy se quedó de pie en la puerta principal, intentando ignorarlo, pero él le cogió la cara entre sus manos y la sacudió.

—Kath, escucha —le urgió.

Ella tragó saliva, volviendo a la realidad. Se encontró con su mirada y se dio cuenta de que sus ojos estaban rojos e hinchados, tenía barba incipiente, aunque siempre había preferido estar afeitado. Incluso tenía la camiseta manchada. Alan, al igual que ella, no estaba pensando en él mismo.

—¿Qué? —preguntó ella en un tono más duro del que pretendía.

—Es la autopsia —le murmuró él, bajando las manos —. Sé lo que nos han dicho, pero es que no tiene ni puto sentido —le dijo, bajando la voz y mirando alrededor, asegurándose de que no hubiera nadie escuchando. Pero no había nadie más con ellos—. Dices que se cayó, pero,

¿por qué no nos han mostrados los resultados? No creo que fuera un accidente.

Kathy sacudió la cabeza, intentando entender qué le estaba diciendo. Se echó contra el marco de la puerta, incapaz de soportar su propio peso.

—Un momento, Alan —dijo, entornando los ojos—. Sabes que yo no sería capaz de...

Él agitó la mano en señal de rechazo.

—Claro que sí. Lo sé. Por supuesto que no fuiste tú. Pero, no lo viste caer, ¿verdad?

Kathy se quedó pensativa.

—Lo escuché gritar —acabó diciendo en un susurro casi inaudible.

—Exacto —dijo Alan entre dientes—. Creo que alguien lo empujó.

—Que, ¿qué? —preguntó Kathy, confundida.

Alan asintió, como si fuera tan simple, acercándose a ella.

—Solía ir por sitios parecidos y nunca se había caído. Le empujaron. Tienen que haberle empujado.

—Ya vale —susurró Kathy, enfadada. No quería volver a ese lugar.

—No —resopló Alan, alzando su voz—. No vale. Mi niño está muerto, Kath.

—Para —le rogó, retrocediendo hacia el interior de la casa—. Por favor.

—Kath —gruñó él—. No voy a parar. Esto no va a quedar así.

Kathy le empujó y le cerró la puerta en la cara. No quería verle más. Cuando por fin se quedó a solas, se volvió y se apoyó contra la puerta, antes de deslizarse hacia abajo, hasta que estuvo sentada en el suelo. Hundió la cara en sus manos y empezó a llorar. Ya no le quedaban lágrimas, pero siguió así, despojándose de todo pensamiento racional.

3

ACCIDENTE

En cuanto Kathy pudo dormir más de dos horas seguidas, empezó a sentirse mucho mejor. Lo primero que hizo fue limpiar. Su casa se había vuelto más desastrosa y sucia desde que ocurrió aquello, y aunque no había usado la cocina para cocinar, era el sitio donde había ido a parar toda la basura. Cualquier comida que le trajera Eve, se la había llevado allí y la había dejado tirada a medio comer. Había cajas de comida para llevar tiradas en la encimera y el cubo de basura estaba a rebosar.

Kathy sacó la basura y limpió el suelo y la encimera. Fue entonces cuando vio la pila de cartas que había apoyadas contra una botella de vino. Miró al reloj, para ver que aún era por la mañana, pero no parecía que hubiera nadie para juzgarla. Abrió el tapón de rosca y dio un trago de vino blanco caliente, haciendo un gesto de dolor, pero, al mismo tiempo, disfrutando el trago que bajaba por su garganta.

Cogió el montón de sobres y la botella de vino, y se

dirigió de vuelta al salón para desplomarse en el sofá y repasar los escombros de su vida en ruinas. Había muchas tarjetas de pésame. Amigos, compañeros y vecinos, incluso gente que estaba segura que nunca había oído hablar, le daban el pésame. Las tarjetas tenían bonitos dibujos de flores, gente abrazándose... Una de ellas decía que Leo estaba en un lugar mejor, y Kathy, inmediatamente, rajó la tarjeta en cuatro pedazos y la tiró al suelo.

Continuó mirando los sobres, mientras seguía bebiendo más vino. Abrió uno que parecía bastante serio y vio que era del hospital. Le decían que no se preocupara en volver al trabajo en las próximas semanas, que se encargarían de encontrar a alguien que la cubriera. Soltó un bufido de burla. Trabajar era en lo último que pensaba ahora mismo. La carta decía que se pondrían en contacto con ella más adelante para decidir la fecha de reincorporación. También tiró esta carta al suelo. Siguió con más cartas, y más vino, hasta que llegó a la última carta.

Era del departamento de policía local. Explicaba que, ya que había anomalías en la autopsia, la muerte de Leo se había considerado un accidente. No había pruebas suficientes para acusar a nadie de hacerle daño y, aunque era libre de pedir una copia del informe de la autopsia, eso no afectaría a su decisión. La carta terminaba con un pésame y estaba firmada por un agente del que no conocía el nombre.

Se quedó mirándola, intentando interiorizar las palabras. Accidente. Sin pruebas suficientes. Informe de autopsia. Un minuto después, había cogido su móvil y había marcado el teléfono que había en la esquina superior derecha de la carta.

Sonaron varios tonos de llamada antes de que un hombre, que parecía cansado, cogiera el teléfono.

—Sí, hola. Me gustaría pedir una copia del informe de autopsia de mi hijo —dijo Kathy, sin querer perder tiempo con amabilidades.

—Ah, sí. Vale, déjeme...

—Rápido, por favor. No tengo todo el día.

—Mis disculpas, señora —dijo el hombre, aclarándose la garganta—. Tengo que advertirle de que no puede pedir copias de documentación de una investigación abierta...

—No está abierta —le interrumpió ella.

—¿Cómo? —le preguntó, bostezando.

—Por favor —dijo Kathy apretando los dientes, ¿ese hombre no entendía lo que era una urgencia? —. Ya se ha cerrado la investigación, y he recibido una carta que dice que soy libre de pedir una copia del informe.

—Ya veo —murmuró, mientras se oía que tecleaba algo—. En ese caso... Veamos, ¿tiene el número del caso?

Kathy buscó en la carta hasta encontrarlo.

—Sí, es el JC26594. ¿Podría mandármelo por email?

—No, me temo que no, cariño —le dijo él, soltando un suspiro—. Sólo por servicio postal.

—¿No podría usted hacer una excepción? —preguntó Kathy, lloriqueando, desesperada. Ahora que por fin había reunido la energía suficiente para hacer algo, sentía que tenía que seguir adelante. Si no lo hacía, iba a acabar destrozada.

—Lo siento, es por temas de seguridad, ¿sabe? —dijo

él suavizando un poco la voz—. Ah, este es el caso de Leo, ¿verdad?

—Sí —dijo ella aprisa—. Mire, ¿puede, por favor, asegurarse de que llega a mi dirección tan pronto como sea posible? —preguntó antes de empezar a darle su dirección.

—Por supuesto, señora. Lo siento por su pérdida.

Le colgó. Puto inútil. Tampoco es que esperara nada más. Lo siguiente que hizo fue llamar a Eve, pero no le cogía el teléfono. Probablemente estaba trabajando. Pero esto era más importante.

Kathy no se había duchado, ni peinado desde no sabía cuándo, pero cogió las llaves y se puso un abrigo. Llegó a la zapatera que tenía en la entrada y, junto con sus zapatos, sacó uno más pequeño. Una zapatilla deportiva blanca, con partes azules desteñidas con el tiempo. Se quedó mirándola, no quería soltarla. Porque, de alguna manera, si cogía el zapato de Leo, significaba que aún estaba con ella.

Pero no era el momento para eso. Soltó la zapatilla y se puso sus zapatos. Fue hasta el hospital en coche con una idea fija, centrándose solamente en el trabajo que se había encomendado. Alan ya había dado el primer paso, y se lo agradecía. Ya había completado el siguiente, pedir la copia del informe de la autopsia. Hasta que llegara, no podría saber el alcance de las heridas de Leo diagnosticadas por el forense. Pero había otra persona allí ese día. Otra enfermera, que podría haber visto las heridas de Leo de cerca. Y, con suerte, ella no habría estado tan afectada como Kathy.

Aparcó en el sitio donde solía hacerlo, no tenía

sentido arriesgarse a que la multaran sólo por ahorrar un par de minutos. Entró por esa puerta doble tan familiar para ella e ignoró los cuchicheos de sus compañeros conforme la veían pasar por los pasillos. Sabía que si se paraba a preguntar dónde estaba Eve, desencadenaría en una conversación sobre por qué había vuelto a trabajar tan pronto. No dudarían en decirle que volviera a casa, a descansar, que no debería estar fuera. Así que tendría que encontrar a Eve ella sola.

No le llevó mucho. Eve estaba empujando la silla de ruedas de un señor mayor y, cuando vio a Kathy, la miró con cariño.

—Solo será un momento —dijo ella, y le hizo un gesto a otra enfermera para que la sustituyera—. Kathy —dijo Eve, pasándole un brazo sobre los hombros—. ¿Va todo bien?

Kathy soltó una risita. Que pregunta más estúpida.

—No, Eve —le soltó, con más desprecio del que pretendía. Pero no lo retiró, y Eve no le reprendió por ello.

En lugar de eso, Eve se quedó mirándola de arriba abajo, hacia su cuerpo descuidado.

—¿Estás comiendo, mi niña?

—Estoy bien —refunfuñó Kathy.

—Lo siento, hace días que no me paso —siguió ella—. Me pasaré esta noche. ¿Qué te parece? Te llevaré algo de cena. Deberías volver a casa y darte un buen baño...

—Por favor —le suplicó, quebrándosele la voz—. ¿Puedes contarme lo que viste aquel día?

—No creo que... —le dijo ella, acariciándole la espalda y haciendo una mueca—. Lo que necesitas es hablar con alguien más cualificado que yo. Has pasado por un trauma horrible y no deberías ir de un lado para el otro...

—¡Eve! —le gritó, apartándole las manos—. Contéstame a lo que te estoy preguntando, coño. Si lo haces me iré.

Eve se quedó atónita. Pero asintió lentamente, sin hacer caso a todos los que se habían quedado mirándolas. Estaban en mitad de una sala de espera a rebosar de gente, pero no le prestó atención ni a otros pacientes, ni al personal.

—Vale. ¿Qué quieres saber? —le preguntó, señalándole al asiento que había cerca.

Kathy se sentó. Eve era una buenísima amiga. No había pretendido gritarle, pero no le salía una disculpa.

—Necesito saber cuáles fueron las heridas de Leo —dijo en voz baja.

—¿Las de la caída? —preguntó Eve, cruzando las piernas. La miraba con pena, como si pensara que Kathy estuviera a punto de desmoronarse.

—Nadie le vio caerse —susurró Kathy.

—Oh, cariño —dijo como en un susurro—. ¿Eso es lo que te pasa? Mira, es perfectamente normal que te sientas así. Creo que deberías plantearte conseguir algo de ayuda psicológica. El NHS la ofrece a su personal gratuitamente. Puedo pedirte una cita si quieres...

—Respóndeme, por favor —le suplicó Kathy. No le interesaba recibir ayuda psicológica. Tenía asuntos más importantes en los que centrarse ahora mismo. Como Leo.

Eve suspiró.

—Lo vi sangrar por una herida en la cabeza. Y... —vaciló.

—¿Qué? —preguntó Kathy, con los ojos abiertos de par en par—. ¿Qué más?

—No te culpo —empezó a decir con cuidado—. Creo que probablemente lo asustaste cuando lo encontraste. Habías entrado en pánico. Es lo que le conté a la policía.

—¿Dé que hablas? —se le había formado un nudo en la garganta.

—Los hematomas —dijo Eve con una mueca—. En su cara y su cuello. Tenía marcas de dedos en su piel, como... como si alguien le hubiera presionado firmemente.

—Yo no... —empezó a balbucear Kathy, palideciendo por momentos—. Yo no fui.

—No te culpo, cariño —le dijo Eve, soltando un suspiro—. Fue una experiencia traumática, ¿vale? Para mí también. No te preocupes, aunque, no se lo mencioné a Alan. Y el agente de policía con el que hablé me prometió que no sería un problema, ya se había ido cuando...

—¿Qué? —a Kathy le daba vueltas la cabeza intentando darle sentido a lo que le decía su amiga—. No me estás escuchando —se puso a pensar en el día del bosque. En la otra mujer que había visto allí. La única otra persona que podría haberle hecho eso a su niño. La mujer que la había alejado de su hijo.

—Nunca le habrías empujado, sé que no querías hacerle daño. Todo lo que hiciste fue en un intento de salvarlo. —Eve le cogió la mano y se la apretó—. Vi la angustia en tus ojos cuando te diste cuenta de que se había ido. Eso es lo que le conté a la policía. Dijeron que, normalmente, investigarían más en un caso como ese, debido a los hematomas y la manera en la que cayó en una zanja tan poco profunda. Estaban haciendo muchas preguntas. Pero les paré los pies, ¿vale? No tienes nada de qué preocuparte.

—No, no, no —murmuró, preocupada—. No... esto no puede estar pasando.

Eve intentó abrazarla, pero Kathy la apartó.

—Fue ella —dijo Kathy atragantándose con sus propias palabras.

Su amiga se quedó mirándola, negando, levemente, con la cabeza.

—¿De qué hablas, cariño?

—¡Fue ella! —repitió Kathy.

—¿Quién? —preguntó haciendo un gesto a una compañera para que se acercara.

—Me separó de mi niño —susurró Kathy—. Se llevó a Leo.

—Fue un accidente, Kathy —le dijo Eve sacudiendo la cabeza—. Hazme caso, no fue culpa tuya. No fue culpa de nadie.

Kathy asintió, la ira le consumía. Porque ya lo entendía. Había entendido de una puta vez qué había pasado.

—Fue Mary.

Eve se quedó desconcertada cuando entendió lo que quería decir Kathy. Cuando supo a quién estaba culpando de lo que le había ocurrido a su hijo.

—No, Kathy —murmuró suavemente, mientras otra enfermera aparecía junto a ella—. Los fantasmas no existen.

4

HOSPITAL

Los compañeros de Kathy aparecieron sobre ella desde ambos lados, sujetándole los brazos mientras ella intentaba zafarse. Pero estaban bien entrenados en someter a pacientes difíciles, como suponía que ella aparentaba ahora.

La única manera de convencerlos de que no la sujetaran era dejar de luchar. Lo sabía. Lógicamente, en su cerebro, era completamente consciente de ello. Pero su instinto no la dejaba parar. Luchaba por su niño. Por Leo. Cuanto más la tuvieran en el hospital, más tiempo pasaría sin encontrar la verdad sobre su hijo.

—Soltadme —rogó, intentando que el enfermero a su izquierda la mirara a la cara—. Mi hijo me necesita.

—¿Su hijo no es el que...? —preguntó a Eve, mirándola preocupado.

—Sí —dijo Eve, aún en voz baja.

—No —gruñó Kathy—, eso no es lo que quería decir —dijo sacudiendo los hombros, intentando soltarse—. No estoy delirando, me cago en la puta...

—No te pongas agresiva con los enfermeros, Kathy —le advirtió Eve—. Relájate y habla conmigo.

—Uf —se quejó, echando la cabeza hacia atrás.

Los enfermeros la tumbaron en una cama y, mientras dos de ellos la sujetaban, Eve la ataba a la cama.

—Quédate aquí esta noche nada más, ¿vale? Yo te cuidaré.

—Por favor —le suplicó Kathy, cuando vio que una de las enfermeras se le acercaba sosteniendo una aguja—. Por favor, no me sedes. Te prometo que me calmaré. No estoy loca... —dijo empujando contra las correas y, cuando la aguja se acercó más a su brazo, le levantó la voz a la enfermera—. Que me dejes en paz, joder —le dijo entre dientes.

Pero eso era lo peor que podía haberle dicho, porque eso solo confirmaba que iba a seguir siendo agresiva.

—¿Dónde irías, si salieras de aquí? —le preguntó Eve, levantando una mano para que la enfermera se esperara y no le inyectara el sedante.

—Tengo que encontrar... —empezó a decir Kathy, antes de quedarse callada.

—¿A Mary? —preguntó Eve amablemente—. ¿Vas a irte para buscar el fantasma que crees responsable de la muerte de tu hijo?

Kathy le clavó la mirada. Eve debería saber cuándo mentía. Pero si le decía la verdad, quizás la creería. Quizás la ayudaría—. Sí —contestó en un susurro—. Por favor, Eve. Ayúdame a encontrarla. Necesito justicia para Leo.

Eve soltó un suspiro y esbozó una triste sonrisa.

—Voy a ayudarte —le dijo—. Te lo prometo —asintió

a la enfermera y le pinchó la aguja, el sedante entró rápidamente en su torrente sanguíneo.

Cuando volvió en sí, se escuchaban unos pitidos apagados en su habitación. Kathy abrió los ojos lentamente y frunció el ceño, confundida por el extraño ambiente. Estaba en el trabajo. Le dolían los brazos, así que intentó levantarlos por encima de la cabeza para estirarse, pero no podía. Giró el cuello y vio las correas de plástico atadas alrededor de sus muñecas, asegurando sus brazos en la cama del hospital.

Se acordó de lo que había pasado antes. Habían pensado que deliraba. Estaba actuando de manera agresiva contra el personal y ponerse a hablar sobre Mary Pannell solo lo había empeorado. Kathy suspiró, intentando ordenar sus pensamientos. Tenía que convencerlos de que la soltaran.

—¿Perdona? —llamó a la enfermera que había junto a la puerta.

La joven se sobresaltó.

—Lo siento —dijo rápidamente—. ¿Cómo te sientes? —su voz le era familiar, pero Kathy no se acordaba de su nombre. Era nueva.

—Mucho mejor —mintió Kathy—. Siento lo que ha pasado antes. No he dormido mucho últimamente y, bueno... No debería haberlo pagado contigo. Ni con ninguno de vosotros.

La enfermera soltó un suspiro de alivio y asintió.

—Eve volvió a casa anoche, lo siento.

—¿Qué hora es? —preguntó confusa.

—Las nueve menos cuarto —dijo—. Llegará pronto, si quieres esperarla.

Kathy respiró profundamente. Si había estado ahí toda la noche, tenía que irse ya, para empezar a investigar. Y si esperaba a que llegara Eve, puede que acabara teniendo que quedarse más aún. Después de todo, no importaba lo comprensiva que Eve dijera ser, era una de las que la habían puesto allí. Era la única que pensaba que estaba delirando. Eve había estado allí, en el bosque, pero no vio a Mary. Así que tenía sentido que pensara que Kathy se lo estaba inventando. Es lo que asumiría cualquier enfermera competente, Kathy lo sabía. Pero también sabía que tenía que salir de allí.

—Está bien —dijo Kathy—. No me importa si otra persona me da el alta. Muchas gracias por tu ayuda —intentó decir con un tono calmado, para que pensara que estaba siendo sincera.

Se marchó, dejando completamente sola a Kathy, para rellenar el papeleo y, seguramente, comprobar que no pasaba nada por dejarla marchar. Se quedó mirando el techo y respiró, para calmarse. Si se dejaba perder los papeles de nuevo, nunca la dejarían marcharse. En vez de eso, montar un plan la ayudaría. Inventarse algo factible que le ayudara a descubrir la verdad.

Todo apuntaba a Mary, Kathy estaba segura de ello. Recordaba haber visto su cuerpo arder en esa pira, aún podía sentir el calor de las llamas en sus mejillas. Pero creía que Mary no había muerto así. De hecho, no había ninguna certeza de cómo había muerto, solo se decía que se aparecía en el bosque de esa colina. Quizás lo siguiente que debería hacer sería averiguar exactamente qué le pasó a Mary.

Kathy salió de su ensimismamiento cuando la enfermera llegó con sus papeles del alta. Mantuvo su tono desenfadado, mientras le preguntaba cosas camufladas en una conversación banal, cuyo objetivo era conocer su estado mental. Kathy las conocía perfectamente.

—¿Tienes algún plan para lo que queda de día? —le preguntó en un tono despreocupado, mientras se sentaba en un taburete junto a su cama, con un portapapeles en su regazo.

—Que va —contestó Kathy negando con la cabeza—. Creo que voy a prepararme un baño calentito, para relajarme, y a lo mejor veo una película.

La enfermera suspiró, visiblemente más tranquila.

—Es una idea estupenda —dijo cavilando, mientras marcaba un par de casillas del formulario—. ¿Qué película crees que verás?

—Buena pregunta —contestó Kathy, manteniéndole la mirada fija, esperando mostrarle que estaba calmada y preparada para volver a casa—. Probablemente vuelva a ver algún viejo DVD. Quizás uno de mis musicales favoritos.

—Vaya, me encantan los musicales —dijo la enfermera, sonriendo. Bajó su portapapeles y le desabrochó rápidamente las correas a Kathy—. ¿Cómo te encuentras?

—Por lo menos estoy bien descansada —dijo Kathy. Tuvo cuidado de no parecer demasiado animada, sabrían que no era real—. Creo que solo necesito pasar un tiempo a solas. En realidad, he salido de casa demasiado pronto.

La enfermera asintió, parecía que esa respuesta le había agradado.

—Me alegra escuchar eso. Le diré a Eve que hemos

hablado —le dijo—. Creo que dijo que iba a visitarte luego, a lo mejor te lleva algo de comer.

—Genial —dijo Kathy—. ¿Podrías darle las gracias de mi parte? Por todo lo que ha hecho —dijo mostrando la sonrisa más sincera que pudo en ese momento, y, con suerte, la enfermera no la conocería lo suficiente para entenderlo.

La ayudó a levantarse y se dirigió hacia la puerta.

—Tu ropa está en ese banquillo de ahí —le dijo—. Si firmas el formulario de alta y luego lo entregas en recepción...

—Gracias, conozco el procedimiento —la interrumpió Kathy, lanzándole una mirada de disculpa. Faltaban cinco minutos para las nueve. No le quedaba mucho tiempo.

—Por supuesto —dijo antes de irse de la habitación.

Kathy se vistió rápidamente y salió de allí, ansiosa de irse del hospital antes de que llegara Eve. Lo consiguió por pura suerte, y justo después de pagar una fortuna por el aparcamiento, se dispuso a salir. Sin embargo, justo en la salida, vio a Eve entrar por el carril contrario.

Eve bajó la ventanilla y le dijo algo, pero Kathy hizo como si no la escuchara y, en su lugar, la saludó con la mano y siguió conduciendo.

5

INVESTIGACIÓN

Kathy no era una persona muy intelectual. Primero de todo, no tenía ni idea de cómo investigar algo, y esto era importante, así que no quería hacerlo mal. Tampoco había nadie en su círculo de amigos que hiciera algo así, así que no podía pedirle ayuda a nadie. Pero estaba decidida a averiguar más cosas sobre Mary Pannell. Mientras conducía, se preguntó si alguna vez había escuchado hablar de alguna sociedad histórica, o algún tipo de organización que pudiera saber más sobre su historia. Pero no tenía ni idea.

Justo después de pasar por delante de una biblioteca se dio cuenta de que podría ser un buen sitio para empezar. En la siguiente intersección, cambió de sentido y volvió a la biblioteca. Había sitio donde aparcar, así que aparcó y se acercó a la librería. Vio su propio reflejo difuminado en la puerta de la biblioteca y, por un segundo, se asustó de lo revuelto que tenía el pelo y lo manchada que estaba su ropa. Pero eso no importaba.

Cuando entró por la puerta, sonó un timbre, y una

mujer alzó la mirada desde la recepción. No se extrañó de las pintas que llevaba, y no hizo ningún comentario inapropiado, y Kathy se lo agradeció. Hasta ahora, nunca había salido de casa sin llevar el pelo perfectamente recogido y sin maquillar. Pero no era momento de pensar en eso. Tenía que seguir adelante, por Leo.

—Buenos días —dijo, con una sonrisa de oreja a oreja, como si la conociera—. ¿Puedo ayudarla en algo? —tenía el pelo suelto, largo y canoso, y le llegaba hasta la mitad de la espalda. Llevaba un vestido largo con un estampado floral.

—¿No es molestia? —preguntó Kathy, incómoda desde el umbral de la puerta.

—¡Claro que no! —dijo la mujer iluminándosele la cara—. ¿Quiere hacerse miembro de la biblioteca? ¿O ya lo es?

Kathy se acercó hasta la recepción. La bibliotecaria llevaba una tarjeta identificativa que decía "Linda".

—Bueno, en realidad no. Es la biblioteca pública, pero, me temo que nunca antes había entrado —admitió.

—Vaya, ¿no le gusta mucho leer? —no parecía que estuviera juzgándola, pero, aun así, Kathy se puso a la defensiva.

—La verdad es que me encanta leer —admitió—. Pero suelo leer libros electrónicos.

—Claro —dijo la bibliotecaria—. ¿Hay algún libro en particular que esté buscando?

Kathy respiró profundamente.

—Pues, no exactamente —echó un vistazo a su alrededor. La biblioteca no era muy grande, por lo que no sabía si le iba a ser de ayuda, pero tenía que intentarlo—. Quería investigar sobre Mary Pannell.

—¿Se refiere a la bruja Pannell? —le preguntó Linda, torciendo los labios. Había algo en su expresión. Estaba emocionada.

—Sí, eso... eso creo —dijo Kathy, asintiendo—. He escuchado historias, por descontado, pero me preguntaba qué partes eran ciertas.

—Ya veo... —murmuró—. Podría decirse que soy una entusiasta de la historia local. Hay varios relatos, ¿cuál ha escuchado exactamente?

Kathy vaciló, no estaba segura de cuánto podía revelar. Sabía que no quería que pensara que estaba trastornada, o que necesitara más estadía en el hospital.

—He oído que se aparece en el bosque que hay en la colina que lleva su nombre —murmuró—. Y que, mm... les hace daño a los niños —añadió, con tristeza en el rostro.

—No había escuchado esa versión de la leyenda desde hacía mucho tiempo —dijo Linda, sorprendida.

—Mierda —murmuró Kathy—. ¿Pero la ha escuchado alguna vez? —parte de ella había deseado que estuviera equivocada. Que nunca hubieran afirmado que Mary Pannell quisiera hacerle daño a ningún niño.

Linda dejó salir un largo suspiro y miró alrededor. Solo había un par de personas más por allí, una madre y su hija. Estaban en la esquina más alejada, y la hija estaba muy metida en el libro.

—Venga, le enseñaré algo —dijo, y la guio hasta una mesita en la que había un ordenador super anticuado y le hizo un gesto para que se sentara en la silla que tenía enfrente.

—Gracias —dijo Kathy, aunque no estaba segura de qué tenía que ver.

Linda inició sesión y abrió un programa.

—Esta es nuestra hemeroteca —le dijo—. Tenemos copias de varias publicaciones locales, remontándose a siglos atrás.

El corazón de Kathy dio un vuelco.

—¿Tiene algún artículo que muestre cómo murió Mary Pannell?

—Vaya, lo siento —dijo Linda, lanzándole una mirada de disculpa—. En realidad, no existían periódicos como tal en aquella época. Mary fue asesinada en 1603. El primero que tenemos es de... —empezó a clicar en un montón de archivos hasta que encontró el que estaba buscando—. 1754.

—Gracias de todas formas —le dijo Kathy decepcionada, mientras empujaba su silla hacia atrás—. La única historia en la que estoy interesada es en la de Mary, sinceramente. Es algo así como un proyecto personal.

—La historia de Mary fue transmitida de boca en boca —empezó a decir rápidamente—, así que tenemos varias fuentes, ninguna de ellas es muy fiable, desafortunadamente.

—Lo sé —dijo Kathy un poco irritada—. Cada uno suele contar una versión ligeramente diferente, pero me encantaría encontrar las partes de cada una que sean ciertas —se levantó y miró hacia la puerta—. Le agradezco lo que está intentando, pero...

—Espere, por favor —la interrumpió Linda—. No

tenemos registros de primera mano de la vida de Mary, los registros de la corte han desaparecido, y todo lo que tenemos son registros parroquiales confirmando su nacimiento y su muerte, pero tenemos muchísimas referencias a las apariciones.

Un sudor frío le recorrió la espalda.

—¿Apariciones? —preguntó Kathy, que se volvió, de golpe, a mirar a Linda a la cara.

Ella asintió.

—Se dice que ha habido muertes causadas por el fantasma de Mary, que se aparece en esa zona —afirmó—. Se dice que, si eres lo suficientemente desafortunado de ver su fantasma, un miembro de tu familia morirá ese mismo día.

Un escalofrío le recorrió el cuerpo. Eso era. Esa era la parte de la leyenda que recordaba de cuando era niña. La única razón por la que se había alejado de ese condenado lugar. Refunfuñó al recordar lo que había pasado en ese bosque, deseando no haber puesto un pie allí en su vida.

—¿Señora? —le preguntó Linda.

—Lo siento —dijo Kathy sacudiendo la cabeza y volviendo en sí, forzando una sonrisa—. He estado un poco rara últimamente —realmente, no le estaba mintiendo. Pero tampoco era toda la verdad. Linda no necesitaba saber por lo que había pasado Kathy y, si se lo contaba, tendría que volver a soportar de nuevo la compasión. No podría—. Y llámeme Kathy, por favor —le indicó, volviendo a sentarse en la silla frente al ordenador.

—Kathy —le dijo Linda sonriéndole, poniéndose un mechón de pelo tras la oreja e inclinándose hacia el

teclado—. Si selecciona las fechas que quieres aquí —
dijo clicando en una casilla—. Después inserta cualquier
palabra clave aquí —seleccionó "1700-1900" y escribió
"Mary Pannell", pero no apareció ningún resultado.

Kathy suspiró desilusionada.

—Deme un momento —dijo Linda, parándose a
pensar—. Sé que hay algún viejo artículo sobre esto —
murmuró para sí misma. Abrió otro programa y sacó los
registros parroquiales de Kippax.

—¿Aquí es dónde se pueden encontrar los registros
de nacimiento y de muerte de Mary? —preguntó Kathy.
Estaba todo escrito a mano y era difícil de leer.

—Así es —dijo Linda mientras seguía bajando para
encontrar la página importante.

—Debería sentarse —le dijo Kathy, sin saber en qué
ayudar y haciéndose a un lado. Se sentó junto a ella preocupada hasta que hizo un sonido triunfal.

—¡Ajá! —exclamó Linda—. Aquí está —dijo, señalando unos nombres—. Mire todas las diferentes formas
de escribir su apellido.

Era difícil de leer, pero había diferentes maneras de
escribirlo en los registros. Era evidente que había muchos
de ellos viviendo en esa zona.

—Oh.

—¿Disculpe? —preguntó un hombre detrás de ellas.

Linda se levantó y lo llevó hasta el mostrador,
dándole los libros y deseándole un maravilloso día, luego
volvió.

—Lo siento —dijo Kathy inmediatamente—. La estoy
entreteniendo de su trabajo. Seguro que tiene mejores
cosas que hacer.

Linda negó con la cabeza y señaló al mostrador.

—De todas formas, la mayoría usa la caja de autoservicio. Y, si me necesitan, pueden hacer sonar el timbre o venir a llamarme. Además, mi trabajo es ayudar a los miembros.

Kathy no se molestó en decirle que, técnicamente, no era miembro. En su lugar, eligió aceptar la ayuda, porque la necesitaba imperiosamente. Estaría perdida sin la ayuda de Linda, guiándole por el sistema informático.

—Vamos a probar esto —dijo Linda, volviendo al programa de la hemeroteca y clicando en "Búsqueda avanzada". Introdujo unas pocas alternativas a la escritura del apellido incluyendo "Pannal, Pannall, Panel" y pulsó la tecla intro. Esta vez aparecieron tres resultados.

Kathy se acercó, entusiasmada por ver lo que había aparecido.

—Discúlpeme —le dijo Linda con una sonrisa—. La dejaré tranquila.

—No, espere —dijo Kathy—. Si le interesa, me encantaría contar con su ayuda. Nunca había pensado en comprobar las formas antiguas de escribir su nombre.

—Entonces, vale —dijo Linda sonriendo, mientras se daba golpecitos en el regazo—. ¿Qué me dice de una taza de té?

—Me encantaría —admitió Kathy, aliviada por haber conseguido algo, al fin—. Con leche y sin azúcar, por favor —le dijo, y clicó en el primer resultado.

The Leedes Intelligencer

No. 1, martes, 2 de julio de 1754

Impreso por Griffith Wright, en Lower-Head-Row

Kathy anotó la fecha en su teléfono. Quería asegurarse de que tenía todo apuntado. Lo de cada familia a la que le hubiera pasado. Bajó, pasando de un artículo sobre un gran desastre minero, y encontró lo que buscaba.

Hallado muerto un niño de 5 años

—Tome —dijo Linda, poniendo un par de tazas de té en la mesa.

Kathy le dio las gracias y señaló a la pantalla.

—Mire, ¿no es esta la fecha más antigua que decía guardar los periódicos?

—Así es —le confirmó Linda, asintiendo—. En realidad, creo que este es el archivo más antiguo. Aquí está —dijo arqueando una ceja al ver el titular. Empezó a leer en voz alta.

Una madre ha declarado que, hace diecisiete años, su hijo menor, de cinco años de edad, tuvo un accidente en el bosque Pannal. Sospecha que la causa podría haber sido magia negra.

—¿Eso es todo? —se burló Kathy. Pero, aun así, lo apuntó en su móvil.

Linda soltó un suspiro.

—Me temo que antes de eso, no había muchos periódicos. Varios de estos artículos son, en realidad, relacionados con incidentes producidos en los años anteriores, y después de tanto tiempo, habría sido complicado verificar más de un par de hechos —dio un sorbo a su té y le dio hacia atrás.

—Mire, ni siquiera escribían bien "Leeds". No sé cuánto podremos encontrar en estos artículos —se quejó Kathy.

—La verdad es que —empezó a decir Linda,

mostrando una sonrisa—, era una forma correcta de escribirlo por 1765, creo.

—Ah, ya veo —dijo Kathy. No se iba a acostumbrar en la vida.

—Veamos —dijo Linda, clicando en el siguiente resultado.

Halifax Guardian

29 de julio, 1843

Bajó hasta que encontró el artículo relevante.

LA TRAGEDIA CAE sobre el heredero de Beaumont

El sábado 22 de julio, el heredero a la fortuna de Beaumont, de cinco años, cayó y murió en el bosque de la antigua colina Panel. La familia Beaumont ha hecho público un comunicado que confirma que un investigador paranormal está investigando el incidente.

—Esta historia... —empezó a decir Kathy, formándosele un nudo en la garganta—... es casi idéntica a la primera historia.

—Eso parece —dijo Linda, preocupada, apretando los labios—. Ambas familias creían que las muertes de sus hijos habían sido causadas por algo... sobrenatural. Echémosle un vistazo a la última. Vaya, qué raro.

—¿Qué pasa?

—Esto no es un periódico. Es una publicación de un tal Joseph Holmes, que era un químico cervecero.

Kathy no estaba muy segura de qué era eso, pero lo que sí sabía era que no tenía nada que ver con periodismo.

—¿Por qué iba a informar sobre la muerte de niños una persona así?

Linda no respondió, parecía estar muy concentrada en el misterio del artículo.

The Brewing Trade Gazette

1 de junio, 1885

Revista mensual dedicada a los intereses de los cerveceros, taberneros y comerciantes de vinos y licores.

Precio 6d.

Kathy leyó por encima, pero ninguno de los artículos parecía mencionar nada interesante, hasta que Linda llegó casi al final del artículo.

—Por supuesto —murmuró Linda—. Ya me acuerdo de este. Está aquí, mira.

Mercado de vino

Todos los domingos, desde mediodía hasta el atardecer

El bosque Pannall

Bajo este anuncio, había una pequeña anotación.

Debido al incremento de informes de muertes de niños pequeños en esta zona, les pedimos que no traigan niños al mercado.

—Mierda —soltó Kathy bruscamente—. ¿Incremento de informes? —aunque apenas les ayudaba, parecía relevante, así que, esto también lo anotó en su teléfono.

Linda se echó hacia atrás en su asiento, masajeándose las sienes, como si le dolieran.

—No hay manera de calcular cuántas muertes habían acontecido hasta entonces. O no fueron comunicadas o, simplemente, los informes no han sobrevivido.

—Pero eso... eso no... esto es ridículo —admitió Kathy—. Debe de haber información en *algún sitio*.

Linda volvió a la búsqueda avanzada y aumentó el rango de fechas.

—Podemos mirar publicaciones más recientes, pero, como podrás imaginar, hoy en día, la gente es mucho más reticente a creer en entidades sobrenaturales, y verás que los artículos son un poco diferentes —seleccionó "1900-Hoy" en el campo de fecha y pulsó intro. Clicó en el primer resultado.

Especial fútbol y deportes
"The Green Un"
Yorkshire Telegraph and Star
Todos los sábados
No. 75Sheffield, sábado, 18 de febrero, 1909

Kathy no lo entendía. Era una edición de deportes de un periódico, eso no iba a mostrarles nada.

—A veces, encuentras respuestas donde menos te lo esperas —respondió Linda a la pregunta que no había formulado. Bajó, intentando encontrar cualquier referencia posible a Mary Pannell.

—Gracias por ayudarme tanto —le dijo Kathy, débilmente—. No puedo expresar lo importante que es esto para mí.

—Ajá —respondió ella, con los ojos clavados en la pantalla.

—Es en serio —insistió Kathy—. Es decir, he intentado hablar con mi amiga sobre esto. Es mi mejor amiga. Ha estado conmigo incluso... bueno, que no puedo decirle lo sumamente inútil que fue su reacción —recordó cómo había estado atada a esa cama de hospital, y refunfuñó—. Sé que pensaba que me estaba ayudando, pero yo solo... yo quería que me dejara en paz.

Linda se encogió de hombros.

—Algunas personas no saben cómo ayudarnos. No tiene por qué ser su culpa, pero tampoco significa que no tengamos que escucharlos.

—Gracias —repitió Kathy.

La bibliotecaria no respondió, simplemente señaló a la pantalla.

Kathy se acercó para leer y copiar partes de un artículo corto sobre un niño de cinco años, hijo de un futbolista, encontrado muerto en el mismo bosque en el que se decía que se aparecía Mary Pannell. Decía que había muerto de una terrible caída mientras jugaba con sus amigos, y que cuando su madre llegó a él, era demasiado tarde.

—No puedo creer lo similares que son todas estas historias —dijo Kathy—. Todas sobre un niño de cinco años, o de edad sin especificar, que se cayó y murió en el mismo sitio.

—Mire... —dijo Linda pensativa, sin perder tiempo en pasar al siguiente artículo. Lo leyó rápidamente e hizo una mueca—. Desde aquí se vuelven más... comerciales.

Illustrated London News

30 de abril de 1932

Mirada a Yorkshire

Kathy soltó un bufido de burla cuando vio lo que ponía en este.

—¿Está intentando atraer visitantes, con el *aliciente* de las apariciones?

Linda soltó un suspiro.

—No te creerías las cosas que es capaz de arriesgar la gente solo por ver de cerca brujería o fantasmas.

El artículo se apoyaba en el mito de la bruja Pannell de que, cualquiera que la viera, pronto afrontaría la muerte de un familiar, también describía brevemente otra bruja local llamada madre Shipton.

—Cree que la gente vendría de fuera a visitarnos? ¿A pesar del peligro? —preguntó Kathy, incrédula.

—No lo creo, lo sé —respondió con tristeza—. A la gente le encantan las historias de fantasmas —bajó por la lista, pasando de los artículos del siglo XIX, llegando hasta los más recientes. Había algunos sobre Kathy, pero subió un poco más.

Kathy se quedó mirando a la vieja bibliotecaria y vio algo en sus ojos que era algo más que el interés académico de una historiadora local. No, Linda parecía personalmente atada a estos artículos, y tenía una expresión similar a la de Kathy. No era la cara de pena de los que habían ido al funeral, o los del hospital. Era un entendimiento profundo—. Sabe quién soy, ¿verdad? —preguntó Kathy. No era una pregunta en sí, tan pronto como la hizo, supo que era una afirmación.

Linda se volvió hacia ella, con los ojos vidriosos, como si fuera a llorar en cualquier momento.

—¿También perdió a su hijo?

—No —respondió Linda bruscamente—. Ella me lo arrebató.

6

MARY

Kathy había encontrado alguien excepcionalmente cualificada y motivada a ayudarla con su trabajo, estaba aliviada. Apenada, por supuesto, pero jodidamente aliviada. Linda también estaba en esto, Kathy ya no estaba sola. Y no estaba loca. Se sentó ahí con linda mientras le confiaba su historia. Hacía treinta y dos años, Linda había pasado por una situación similar a la que Kathy se encontraba en esos momentos.

Siempre había tenido problemas con su pareja, y había llevado a su hijo al bosque con la esperanza de animarlo. Le encantaba escalar árboles, pero hasta ese día, se había mantenido alejada de ese lugar, por las historias. Pero, después de que su hijo se lo hubiera rogado, después de que le hubiera prometido que su vecino había estado allí muchísimas veces con su madre, Linda había cedido.

Lo peor que pudo haber hecho fue no seguir sus

instintos, y en el momento en que puso un pie en el bosque, debía haber sabido que algo iba mal.

—Se lo conté a la policía —dijo Linda, con los ojos anegados en lágrimas—. Les conté que la había visto, pero no me creían.

Kathy frunció el ceño. Ella no le había contado a la policía que había visto a Mary. Para ser sinceros, en aquel momento no había tenido la entereza para compartir esa información, y después, Eve no le había dado precisamente la confianza para compartir su historia con ellos. Tenía demasiado miedo de que dijeran que no se podía confiar en ella, de ser tachada de sospechosa. Y, de todas formas, ¿de qué le habría servido?

—Lo siento —murmuró Kathy.

Linda suspiró y señaló al ordenador, que tenía una lista de artículos de hacía unos treinta años.

—Aquí puedes leer los artículos que escribieron sobre mí. Todo el pueblo me tachó de loca, decían que no podía cuidar de mi propio hijo y se negaron a culpar la verdadera culpable, yo.

Kathy leyó por encima los artículos y se dio cuenta que decían exactamente lo mismo que había dicho Linda. Detallaban como había muerto su hijo, decían que tenía cinco años, y que su muerte había sido considerada un accidente, a pesar del comportamiento sospechoso de su madre.

—No me interesa leer lo que dicen sobre usted —afirmó Kathy—. Por lo que a mí respecta, somos iguales. La vio aquel día, igual que yo. Y a ambas nos arrebató nuestros hijos.

Linda dejó escapar un suspiro de alivio, como si

hubiera estado esperando que alguien la escuchara, que la creyeran.

—Todo nos apunta a ella. A Mary.

Kathy asintió, coincidiendo con ella.

—Pero, ¿por qué? ¿Por qué iba alguien a fijarse como objetivo el causar la muerte de todos esos niños pequeños? No tiene sentido.

—¿Ha escuchado alguna vez la historia de su muerte? —le preguntó, volviéndose para mirarla a la cara.

Kathy tragó saliva al recordar aquella horrible pira.

—Creo que la quemaron —murmuró, quedándose callada por un momento para corregirse a sí misma—. No, no lo creo. Sé que lo hicieron. Lo he visto.

—¿Lo vio? —preguntó Linda, anonadada.

—Ese día, justo antes de que escuchara... —Kathy cogió aire, intentando calmarse. El dolor aún era fresco, como si acabara de pasar—. Estaba allí, delante de mí. Llevaba puesto un vestido blanco, y colgaba bocabajo en la pira mientras ardía. Aún... aún puedo sentir las llamas. El calor. Parecía que me iba a arder la cara —dijo con un escalofrío, y miró a la cara pálida de Linda—. ¿No vio usted lo mismo?

—No —admitió, negando con la cabeza—, yo mm... creo que la vi intentando escapar.

—¿Escapar? —preguntó Kathy inclinando su cabeza.

—De aquel sitio —continuó—. ¿Ledston Hall? Allí es dónde la vi yo, corriendo todo lo que podía hacia el bosque, gritando, como dolorida —Linda observaba a Kathy—. Siempre asumí que todo el mundo veía lo mismo.

—¿Por qué iba a huir ella de Ledston Hall? —

preguntó Kathy, con el pulso acelerado, como si estuviera a punto de descubrir algo.

—Bueno, en algunas versiones de su historia, se dice que fue una niñera de los niños de Ledston Hall —le contó Linda, acelerando cada vez más su velocidad al hablar—. Oh, dios mío —murmuró—. Déjeme comprobar una cosa —se volvió hacia el ordenador y abrió el otro programa, que detallaba los registros parroquiales.

Kathy se había vuelto a perder, completamente perpleja por el sistema operativo de la biblioteca, y por la gran cantidad de información. ¿Cómo iban a encontrar algo útil?

—Ya hemos comprobado esos —resopló, frustrada—. Necesitamos encontrar algo de Ledston Hall. Registros de criados, ¿por ejemplo? —estaba pensando en voz alta, y sabía que no tenía ningún sentido. ¿Qué tipo de registros podrían haber sobrevivido desde el siglo XVI?

—¡Ajá! —dijo Linda con entusiasmo entre dientes. Apuntó a la pantalla, que no mostraba la familia Pannell, si no la familia Witham—. Puedo mostrarle registros de propiedad de Ledston Hall que confirman que la familia Witham residió allí en 1603, cuando Mary fue asesinada.

Kathy entornó los ojos para mirar la pantalla, intentando leer lo que decía.

Wm. Witham, fallecido en 1603

—Un momento, entonces, ¿cree que es posible...?

—William Witham, que vivió en Ledston Hall, murió el mismo año que Mary fue ejecutada por brujería. Un momento, déjeme que encuentre... —la interrumpió

Linda, subiendo hasta que encontró lo que estaba buscando.

Wm. Witham, bautizado en 1598

—Joder —soltó Kathy—. Así que, probablemente tenía cinco años cuando murió —su cabeza iba a mil por hora, intentando entender qué significaba todo esto—. Pero ella... eso es horrible. ¿Está diciendo que cree que es una especie de asesina en serie? ¿Qué está obsesionada con matar a niños pequeños estando muerta, al igual que cuando vivía?

—No, no estoy diciendo eso —le corrigió Linda—. Si realmente fue una empleada en Ledston Hall, y fue cierto que estaba a cargo del cuidado del niño, no veo motivos para que le hiciera daño. Pero si murió bajo su cuidado, es posible que la familia estuviera buscando culpables. Alguien con quien descargar su ira.

7

PLAN

—¿No me estarás diciendo en serio que crees que un fantasma está desquitando su enfermiza fantasía de venganza contigo?

Se burló Alan por teléfono.

Kathy miró con mala cara al manos libres del coche.

—Por favor, hazme caso. Tengo pruebas. Y no es solo conmigo. Está vengándose con los niños de Kippax. Cualquier niño de cinco años que vea en Kippax, en realidad. Estoy segura.

Alan dejó escapar un largo suspiro, haciendo una pausa antes de contestar.

—Mira, corazón. Has pasado por un infierno... los dos lo hemos hecho. Nadie debería perder a un hijo —dijo entrecortando las palabras conforme hablaba.

—No es lo que... no —dijo Kathy con firmeza. Miró hacia el asiento del copiloto, desde el que Linda le lanzó una mirada motivadora—. No me estoy agarrando a un clavo ardiendo. No me trates con condescendencia.

Cuando te digo que tengo pruebas, lo digo en serio. Y no somos los únicos a los que nos ha pasado.

—¿Y a quién más le ha pasado?

Linda tomó aire bruscamente, pero Kathy no tuvo oportunidad de mirarla. No parecía que estuviera preparado aún, y menos para escuchar la historia de Linda.

—He encontrado varios artículos en los periódicos de hace años —le dijo. Quizá si se daba cuenta de la magnitud del problema, le escucharía—. Tampoco es algo reciente. Se remontan a hace siglos, y la gente siempre ha sabido que el fantasma de Mary Pannell tenía la culpa —giró, saliéndose de la carretera principal, para entrar en una carretera rural estrecha, rodeada de árboles a ambos lados que bloqueaban el sol.

—Eso no quiere decir... —comenzó a decir Alan, cada vez más interrumpido por la pérdida de cobertura—. Solo porque un viejo periódico asegure el avistamiento de un fantasma, no implica necesariamente que...

—¿Quieres hacerme caso de una puta vez? —le interrumpió Kathy, alzando la voz.

Linda se sobresaltó dejando escapar un gritito.

—¿Quién ha hecho eso?

—Nadie —mintió—. Bueno, es que... —no era normal que se enfadara, pero esto era importante. Hizo una pausa, y viendo que Alan no decía nada, continuó—. He conocido a otra mujer, otra madre. Ha pasado por lo mismo. Mary también le arrebató a su hijo.

—Kath —dijo él en voz baja—. Esa mujer no es tu amiga. Está intentando convencerte de que la muerte de Leo puede ser explicada por un fantasma. Piensa en ello. No tiene ningún sentido.

—No me estás escuchando —se quejó ella, pasándose los dedos por el pelo con frustración.

—Aquí es —dijo Linda, levantando la vista de su teléfono y señalando a un camino de tierra casi imperceptible—. Gira a la izquierda.

—¿Esa es ella? —exigió saber Alan con frialdad—. Deja de intentar meter a Kath en tu plan chiflado. Ya está pasando por demasiado.

Linda miró a Kathy, que se encogió de hombros, dándole permiso para hablar.

—No hay ningún plan —dijo ella con voz comedida y calmada—. Mary me arrebató a mi hijo al igual que hizo con el vuestro, y docenas de niños antes. Probablemente más.

Alan soltó un bufido.

—Tenías sospechas —dijo Kathy, parando el coche cerca de viejo cortijo destartalado. Era un edificio de una planta hecho de piedra, con humo saliéndole por la chimenea—. ¿No fuiste tú el que dijo que no creía que fuera un accidente?

Todos se quedaron en silencio y Linda y ella se miraron.

—No me refería a esto —murmuró Alan—. Si no que... yo me refería a que quizás alguien lo empujó. Pensaba que alguien habría salido corriendo cuando lo encontraste. Debe de haber alguien responsable de esto. Una persona real. Alguien mató a nuestro niño —su voz se quebró, como si estuviera intentando no llorar, y se aclaró la garganta.

Un señor mayor estaba de pie en el umbral de la puerta del viejo cortijo, mirándolas con curiosidad.

—Eve me ha llamado —admitió Alan.

—¿Qué? —dijo Kathy entre dientes—. ¿Qué se supone que tenía que hablar contigo?

—No me saltes al cuello. Sólo estaba preocupada por ti, eso es todo.

—No tenía derecho —dijo Kathy echando su cabeza hacia atrás contra el asiento del conductor.

Alan dejó salir un suspiro.

—Dice que la policía sospechaba de ti al principio. Ella también. Eso ha tenido que ser muy duro para ella.

No quería seguirle la corriente.

—No tengo tiempo para hablar de eso ahora —le dijo ella.

—Eve también mencionó que has estado... descuidándote un poco.

—¿Qué coño quiere decir eso? —¿cómo se atrevía a ir por ahí? ¿Qué tenía eso que ver?

—Lo que digo es que...

—El informe de autopsia ha llegado —le cortó Kathy, mirando rápidamente al hombre que no dejaba de observarlas—. Mi copia ha llegado hoy. La tuya habrá llegado también, probablemente.

—Ah, ¿sí?

—¿Y?

Linda gesticuló algo mirando al hombre.

—Y, ¿qué? No prueba nada —pero había un brillo de esperanza en su voz, solo parcialmente enmascarada por la posibilidad de Mary. El fantasma en el que se suponía que no creía.

—Es lo único que explica la herida de su cabeza —dijo Kathy—. El asesino cogió su cara, le encontraron hematomas que coincidían con eso, y le golpearon la cabeza contra una roca, antes de lanzarlo a la zanja —el hombre volvió a entrar en el edificio, pero dejó la puerta abierta.

—Los moratones son más probables de haber sido hechos por un hombre que se encontrara en el bosque —dijo Alan, atropellando las palabras conforme hablaba cada vez más rápido.

—No son tan grandes —dijo Kathy, recordando algo que había leído en el informe—. ¿Lo has leído al menos?

—Claro que lo he leído, joder —dijo Alan, indignado —. Entonces, ¿qué? ¿Fue su amigo? ¿El otro niño que iba con él?

—Si eso fuera así, no habría sido considerado un accidente —dijo Kathy, poniendo los ojos en blanco y mirando a Linda.

—Pero, y si...

—Fue una mujer —le interrumpió Kathy—. Una mujer le cogió por la cara y lo tiró a la zanja. Al principio pensaron que había sido yo, o Eve. Pero ambas llevamos uñas postizas, y las marcas de su cuello... —tomó aire profundamente, intentando no imaginarse la cara de su niño otra vez. La cara que aún la atormentaba cada vez que se levantaba—. Además, el hijo de Linda tuvo hematomas parecidos.

—Eso no significa nada.

—Le encontraron restos de piel bajo las uñas... —le interrumpió Linda—... tanto a mi hijo, como al vuestro. Pero el ADN que encontraron, no era humano. De hecho, no fueron capaces de encontrar la criatura de la que venía.

Alan se quedó callado.

—Vamos a reunirnos con un investigador paranormal —le informó Kathy—. Al igual que hicieron otras víctimas anteriormente. Pero, esta vez, vamos a arreglarlo. Vamos a plantarle cara a Mary —Kathy colgó y se bajó del coche, preparada para lo que le tenía que decir el investigador.

8

VENGANZA

Kathy llamó a la puerta, ya abierta, tres veces. Dio un paso atrás para no mirar dentro, intentando ser educada.

Linda no tenía tantos escrúpulos.

—¿Bertie? —le llamó mientras pasaba el umbral—. Disculpa, ¿podemos pasar?

Se escuchó una risa desde dentro de la casa.

—Parece que ya habéis pasado.

Kathy pudo echar un ojo adentro. Estaba oscuro, pero había algunas velas en una mesita en el centro de la... ¿casa? ¿cabaña? ¿granero? No sabía cómo referirse a ese lugar.

El hombre mayor se había sentado en una silla de madera en el extremo más alejado de la mesa, con tres tazas frente a él. Estaba completamente calvo, tenía un pendiente en la oreja izquierda y se le veían las líneas negras de un tatuaje apenas visible en el hombro, que bajaban por debajo de su camisa. Tenía una sonrisa amable, dirigida hacia ella.

—Bienvenidas a mi hogar —les dijo.

Kathy frunció el ceño, mientras miraba alrededor viendo una pila de sábanas en lo que parecía ser un banco en la esquina que debía haber servido como cama.

—¿Vive aquí? —le soltó Kathy.

—Gracias, Bertie —le dijo Linda, sentándose junto a él y cogiendo una taza. Tomó un sorbo y señaló al asiento frente a ella—. Siéntese —le dijo a Kathy.

Kathy le hizo caso y cogió una taza, pero después de mirar su contenido, volvió a dejarla donde estaba. Era un brebaje de una mezcla de hojas secas cuya apariencia no le hacía gracia.

—Tenemos que hablarle sobre nuestros hijos —comenzó Kathy—. Sabemos qué pasó y queremos evitar que pase de nuevo.

—¿Sí? —murmuró Bertie, bebiendo un poco—. Y, ¿por qué habéis decidido acudir a mí y no a la policía?

—Es Mary Pannell —dijo Linda—. ¿Se acuerda cuando vine la otra vez?

—Siento su pérdida, pero me temo que no la recuerdo —le dijo él, encogiéndose de hombros.

Linda tomó aire profundamente.

—¿Cuándo murió mi hijo? ¿En el bosque Pannell?

—Si no pude ayudarle entonces, dudo que pueda hacerlo ahora —dijo él con un suspiro—. Siento no ser de mucha ayuda.

—No, por favor —insistió Linda—. Es distinto. Cuando yo vi a Mary hace tantos años, la vi huyendo de Ledston Hall. Pensé que estaba escapando y cayó a la zanja y murió —le contó, pasándose los dedos por el pelo —. Estaba equivocada. Pensaba que su muerte había sido un accidente y que había muerto por la misma maldición que había matado a mi niño.

—Creo que la recuerdo —le dijo Bertie en voz baja, poniéndole una mano en el hombro—. Creo que hicimos algún tipo de ritual de limpieza de maldiciones en el lugar, ¿no?

—¡Eso es! —exclamó Linda—. Entonamos unos rezos y luego esparcimos algo en el suelo —se levantó, empujando su silla ruidosamente—. ¡Creía que había funcionado! Pensaba que se había ido. Pero cuando vi la historia de Kathy en las noticias, sabía... sabía que había vuelto.

—Un momento, ¿lo sabía? —preguntó Kathy. Notó un hormigueo de terror. Alan le había dicho que no confiara en Linda—. Cuando entré en la biblioteca, ¿ya sabía quién era yo?

Linda dio un paso atrás, dejándose caer contra la pared de piedra. No había recubrimientos en las paredes, así que tenía que estar frío. Cerró los ojos y soltó un suspiro.

—Solamente porque supiera quién era, no significa que le engañara.

Kathy soltó un bufido, irritada.

—¡Eso es exactamente lo que significa! He compartido mi historia con usted.

—¡Yo hice igual! —insistió Linda—. Mire, no tengo por qué caerle bien. Pero lo hice lo que hice porque necesitaba tenerla de mi lado. Necesitaba trabajar con usted, que confiara en mí, si quería averiguar lo que vio aquel día.

Kathy se levantó y dio la vuelta a la mesa, para encontrarse cara a cara con Linda.

—Sólo. Tenía. Que. Preguntarme —le dijo firme y claramente, sin vacilar.

—¿Y me lo hubiera contado? —le preguntó Linda—. ¿Si le hubiera contado que ya había pasado horas intentando averiguar todo sobre usted? ¿Si admitía que la había investigado a usted y su hijo? ¿Si le hubiera contado que la razón por la que estaba tan interesada era por una maldición que pensaba que había roto?

Kathy se volvió a sentar y dejó salir un largo suspiro.

—Está bien. No. No le habría tomado en serio. Pero no me gustan los mentirosos.

Bertie se aclaró la garganta.

—Si me permiten hacer un inciso, ¿qué es lo que ha descubierto desde la última vez que hablamos?

Kathy puso los ojos en blanco.

—Bueno, lo primero, es que lo que le pasó a mi hijo prueba que vosotros no rompisteis lo creíais que era una maldición.

—Eso es muy probable que sea verdad —dijo asintiendo y acariciándose la barbilla—. ¿Qué sugiere que hagamos diferente esta vez?

—Adelante, entonces. Ya que es un experto en ambos casos, ¿qué deberíamos hacer? —le preguntó Kathy frustrada, fulminando con la mirada a Linda.

—Kathy vio a Mary —dijo Linda, curvando sus labios en una sonrisa—, siendo quemada en una pira en el bosque. Fue asesinada, Bertie. Ejecutada.

—Interesante —musitó él, arqueando una ceja—. ¿Cree que pudo ser ejecutada por un crimen?

—Sí —contestó Linda inmediatamente— El niño de los Witham murió el mismo año que ella. Y tenía cinco años. Si su comunidad la condenó a ella por su asesinato...

—Tendría sentido que estuviera furiosa con su comunidad. Que quisiera cobrar venganza —las informó él, dando un bote en su silla y pasando la punta de los dedos por el estante polvoriento y lleno de botellitas—. Entonces, no es una maldición. —murmuró entre dientes—. La sombra de una mujer. La sombra de su vida —pasó su mirada de una mujer a otra—. ¿Ambas vieron momentos de su vida?

—Sí —contestaron las dos al unísono.

Kathy quería estar enfadada con Linda. Lo estaba. Pero sabía que tenía razón. Y ahora mismo, lo único que le importaba era vengarse de Mary. No iba a permitir que esa mujer continuara atacando a niños pequeños de Kippax. No era justo.

—¿La reconoció en algún momento? ¿Habló con ella? ¿Intentó tocarla? —preguntó Bertie, cogiendo una botellita—. Ah, sí —murmuró, dejándolo en el bolsillo de su chaqueta. Llevaba un traje de lana que, en su momento, habría estado limpio. Es verdad que parecía quedarle bien, como si lo hubieran hecho a medida. Pero estaba cubierto con pequeños remiendos, y tenía zonas menos gruesas. Como si lo hubiera estado llevando durante años.

Las dos negaron con la cabeza.

—¿Seguro? —preguntó, mirando directamente a los ojos de Kathy—. Su encuentro ha sido el más reciente. Cualquier reconocimiento puede hacerlos enfadar. ¿Tampoco la miró a los ojos? —le preguntó antes de coger un puñado de objetos pequeños de varias baldas que tenía por casa y dirigirse directamente hacia la puerta.

Kathy se quedó boquiabierta, pero lo siguió.

—Mierda. Sí. Lo hice. Pero no me había dado cuenta... joder, es culpa mía. La miré directamente a los ojos.

—¿Cree que puede haberla mirado usted también? —le preguntó a Linda después de soltar un suspiro, exhausto.

Linda se quedó callada.

—Esto no es culpa mía. No es mi culpa, ni la de Kathy.

—Yo no he dicho eso —le hizo saber Bertie, mientras le daba golpecitos a la puerta del coche—. Pero es importante que sepamos qué pasó exactamente —bajó la voz—. Esta vez, la atraparemos. Os lo juro, a las dos... la cogeremos.

Kathy aún no sabía si ese hombre era de fiar, pero, por ahora, era la mejor baza que podía jugar. Abrió el coche y se sentó en el asiento del conductor.

—Llévanos hasta el bosque Pannell —le indicó él. También hizo algunas otras preguntas y las garabateó en una libretita. Repasaron las fechas de las muertes de todos los incidentes de los que tenían conocimiento, así que Kathy le pasó su móvil a Linda. Ella le leyó las notas a él, tal como estaban escritas.

Desde el retrovisor, Kathy podía ver cómo el hombre repasaba la lista, pasaba páginas y las leía.

—Bertie, tenemos que... —empezó a decir Linda.

—Si nos escucharas... —la interrumpió Kathy.

Bertie levantó la mano silenciándolas a las dos.

—Esperad —dijo mirando hacia el exterior por la ventana, perdido en sus pensamientos, como si intentara resolver algo.

Kathy entró en la carretera principal justo cuando su teléfono empezó a vibrar en la mano de Linda.

—Es Alan —le dijo.

Kathy soltó un gruñido.

—No tengo tiempo para él ahora mismo.

—¿Es el padre de su hijo? —le preguntó Bertie de repente.

—Pues, sí... —le contestó Kathy—. ¿Importa eso?

—Dígale que se reúna con nosotros allí —le indicó él.

—Me cago en la hostia... —se quejó Kathy, mientras giraba en una esquina—. ¿Es realmente necesario?

Bertie cerró de un golpe su libreta y la miró a los ojos a través del espejo.

—Cuantas más conexiones tengamos con el espíritu, más probable será que podamos comunicarnos con él.

—¿Comunicarnos? —balbuceó Kathy—. ¡Ha maldecido a este pueblo!

Linda descolgó la llamada y la voz de Alan empezó a sonar por el manos libres.

—¿Hola?

—Alan —empezó Kathy—. ¿Puedes reunirte con nosotros? En el bosque. Tan rápido como puedas.

—Que, ¡¿qué?! —le preguntó Alan—. ¿Quieres que vaya hasta el lugar donde murió mi hijo? ¿Tiene algo que ver con ese investigador paranormal?

Bertie se aclaró la garganta.

—Señor, si me permite.

Su gruñido de molestia se pudo escuchar incluso a través de la línea distorsionada.

—Aunque no crea en mi trabajo, ¿de verdad piensa que podría hacerle algún daño? ¿Qué tiene que perder?

—Para empezar, dinero —le soltó Alan.

—Alan, por favor —intentó calmarle Kathy.

—Señor, no les voy a cobrar nada por mis servicios de hoy —le indicó Bertie—. De hecho, querría devolverle a Linda lo que me pagó hace tantos años, porque está claro que hubo un error.

Hubo una pausa eterna, nadie dijo nada. Lo único que podía escucharse era el motor del coche de Kathy humeando por la carretera.

—De acuerdo —accedió al final—. Llegaré en cinco minutos.

9

ENFRENTAMIENTO

Cuando Kathy y los demás llegaron a la zanja, Alan ya estaba allí esperándoles. Lo vio clavando la mirada dónde su hijo había caído, y fue directa hacia él. Abrió sus brazos como para abrazarlo, pero volvió a cerrarlos. Qué estúpida. No era buena idea actuar así. Se olvidó del abrazo y, en su lugar, le saludó con la cabeza.

—Alan.

—Kathy —le saludó él también, con otra inclinación de cabeza y una sonrisa que se veía tan rara como ella se sentía.

Bertie vació una bolsita en la zanja haciendo caer cristalitos rosas en el lugar donde Leo había caído.

—¿Qué es eso? —preguntó Alan con voz temblorosa.

—Halita rosa. Es decir, sal rosa del Himalaya gruesa —le respondió Bertie—. Sirve de protección contra los malos espíritus, pero también para purificar y limpiar —luego vació la otra bolsa en la zanja y continuó—. Una de las propiedades menos conocidas es que puede ayudar a liberar vínculos emocionales. En este caso, espero que ayude al espíritu de Mary Pannell a liberar su vínculo con este sitio. Por el bien de los residentes, actuales y futuros, de este pueblo.

Kathy giró su cuello para mirar al espacio que ahora estaba lleno de cristales de sal enormes. Una parte de ella pensó que el lugar parecía distinto, después de todo lo que le había pasado a Leo. Pero la estremecía lo similar que era. La sangre ya no estaba, pero aún podía verla allí. La sangre encharcada junto a su cabeza. Leo allí tirado, sin moverse, mientras ella saltaba para realizarle la RCP, desesperada por traerlo de vuelta.

Sacudió la cabeza, intentando volver de su ensimismamiento.

—¿Qué tenemos que hacer? —le preguntó a Bertie con un hilo de voz.

—La última vez, intentamos romper una maldición que afligía tanto a Mary como a sus víctimas. Como tal, nuestro afán no estaba centrado realmente en Mary en absoluto —les dejó claro Bertie—. No cometeremos ese error esta vez —le pasó un cristal de sal rosa a cada uno y un puñado de lo que parecían ser hierbas enrolladas con un trocito de papel.

—¿Se supone que tenemos que sostener esto? —preguntó Kathy, confundida.

Bertie la cogió de la muñeca y la llevó justo al borde de la zanja, y luego hizo que Alan se pusiera justo a su derecha, y Linda a su izquierda. Cogió un mechero y encendió cada manojo uno por uno—. Esto es salvia —les explicó—. Está asociada a la sabiduría y puede usarse para limpiezas. Me gustaría que os concentrarais en el olor que inunda vuestras fosas nasales, y que hagáis vuestro mejor esfuerzo para dejar la mente en blanco. Quiero que os abráis a que el espíritu de Mary entre en este lugar.

—Mm, creo que recuerdo esto, de la otra vez —dijo Linda acercándose el manojo a la nariz.

—Si ya habéis hecho esto antes, no entiendo qué hacemos ahora. Es evidente que no funcionó, así que deberíamos... —dijo Alan con intención de irse.

—Tú no vas a ningún lado —le amenazó Kathy—. Si hay, por pequeña que sea, una mínima posibilidad de que esto funcione... Si hay alguna remota posibilidad de que esto sirva para que nadie más pase por lo que pasamos nosotros, vamos a hacerlo.

—Puf... —bufó Alan, volviendo a colocarse junto a ella.

Bertie se puso justo al otro lado de la zanja y sacó un pequeño libro de su bolsillo. Tenía la cubierta de cuero desteñido y rasgado por algunas partes, había muchas páginas descoloridas y hojas de más metidas dentro.

—Lo que cambia hoy... —empezó a decir, mirando hacia la oscuridad del cielo sobre sus cabezas. Parecía que estaba más oscuro, debido a la cantidad de árboles que les rodeaban, formando una especie de toldo sobre ellos—... es vuestra concentración. Quiero que os concentréis en Mary. Pensad en ella.

—Ni siquiera la conocemos —se burló Alan mientras el olor de la salvia los rodeaba.

Kathy apretó más fuertemente el trozo de cristal de sal en su puño y respiró profundamente, inhalando la salvia.

—Sabemos algunas cosas sobre ella —dijo tranquilamente—. La vi morir. Fue asesinada por su propia comunidad. Quemada en una pira por sus supuestos crímenes.
Pero ella era inocente.

Bertie asintió hacia Linda, antes de volver la vista al
libro, buscando en las páginas lo que necesitaba.

—Yo también la vi —dijo Linda confiada. Como si estuviera preparada para esto. Kathy supuso que estaba más que
preparada, ya había pasado por esto antes—. Vi el terror en
sus ojos mientras huía de su lugar de trabajo. Del lugar que
era casi como su hogar. Huyó de allí, llorando, en un vano
intento de escapar de su destino —levantó sus manos y
cerró los ojos, como si eso ayudara a invocar a Mary.

—Estupendo —dijo Alan con burla—. Yo no la vi,
pero sé lo que hizo. Mary le hizo daño a mi hijo —hizo
una pausa, tomando aire antes de continuar—. Me arrebató a mi hijo, y el hijo de muchos otros. Debe de haber
estado enfadada de cojones. Lo que fuera que le pasara,
hizo que estuviera desesperada por vengarse.

—Mary —la llamo Bertie, su voz retumbó en el
pequeño claro—. Te esperamos —bajó su voz, hablando
hacia los árboles justo detrás de él—. Pienso en ella. En
lo que me acabáis de decir. Dirijo la atención hacia lo que
sabéis sobre ella, y no os dejo pensar en nada más.
Llamadla.

—Por favor, Mary —le rogó Kathy, dándolo todo para
proyectar su voz lo más lejos posible.

—Ven hasta nosotros —dijo Linda justo después.

—Ya te has tomado tu venganza. Da la cara —gritó
Alan con una mueca, mientras alzaba la cabeza.

—Shh —los calló Bertie, que empezó a mirar alrededor intentando captar algo.

Un silbido familiar se escuchó llegar al lugar donde estaban reunidos.

Kathy se retorció cuando una ráfaga de viento helada pasó junto a su oído.

—Mierda —murmuró.

—Es eso... —empezó a decir Alan.

—Shh, callaos todos —los silenció Bertie poniéndose un dedo en los labios.

Otra ráfaga de viento sopló hacia ellos, pero él sacudió la cabeza.

—No hay viento. Es ella —susurró, sorprendido.

No volvieron a hablar, pero no había silencio. Una cacofonía los alcanzó. Había un silbido, aún más alto esta vez. Un soplido del viento que no era viento en realidad. Un grito muy agudo que Kathy no había escuchado nunca antes. Y luego, una oleada de calor, el sonido de las llamas crepitar, como si el cuerpo de Mary estuviera justo delante de ellos, todavía quemándose, incluso después de tantísimos años.

—¡Mary! —la llamó Bertie, pasando el dedo por la página mientras la leía—. Vocamus te —leyó—. Impleat fossam spiritus tuus.

Kathy se quedó mirándolo. No sabía latín, por lo que no estaba segura de qué estaba diciendo, pero lo que quiera que fuese, parecía estar aumentando la niebla que había empezado a rodearlos.

Alan resopló junto a ella, con sus codos rozándose, aunque no dijo nada. Tenía los ojos clavados en Bertie.

—Iubeo ut nunc huc venisti —gritó Bertie, aún más alto que antes, mirando hacia la zanja.

Kathy se asustó, por un terrorífico segundo, pensaba que iba a caerse en la zanja.

Alan la cogió de la mano, Linda también, como si ambos hubieran sentido la misma fuerza empujándolos hacia delante.

Se quedó mirando a la figura que había aparecido allí abajo.

Mary.

El mismo vestido que había visto aquel día. El dobladillo que había visto que se tragaban las llamas.

Bertie le clavó la mirada y las hojas a su alrededor empezaron a volar, rodeándolo rápidamente, como si una especie de tornado quisiera llevárselo.

El pelo de Kathy le pegaba en la cara salvajemente, pero tenía las manos ocupadas, así que no pudo recogérselo. Apretó aún más fuerte el cristal y el manojo de salvia, como si eso fuera a ayudar.

—De his qui hic tuleris ultionem —dijo Bertie, señalándolos a los tres.

Mary giró la cabeza para mirarlos.

Kathy se estremeció al volver a verle la cara, y volvió a recordar el día que había perdido a su hijo, Leo. Sus ojos se anegaron en lágrimas sin apartar la mirada de Mary. Había una palidez fantasmal en su rostro, ligeramente translúcido, como si la hubieran proyectado, como si fuera un truco de luces. Pero estaban en mitad de la nada. Era real. Sus ojos eran oscuros y reflejaban su ira.

—Por favor —le suplicó Kathy—. Ya... ya me has arrebatado todo lo que tenía.

—Te has tomado tu venganza —dijo Alan, coincidiendo con ella.

—Lo siento —dijo Linda con la voz entrecortada. El viento aún soplaba y su voz era la más tranquila y apenas era audible.

Mary pareció entenderla de todas formas, ya que su mirada se suavizó, solo un poco.

—Todos estos años, he pensado que eras la víctima —las lágrimas se derramaron por las comisuras de sus ojos y resbalaron por las mejillas de Linda. Estaba llorando delante de un fantasma. Delante de Mary Pannell—. Pero me he dado cuenta de que eras tú. Todo este tiempo, has sido tú la que nos ha estado arrebatando a nuestros hijos. Los hijos de este pueblo.

—¡No! —gritó Bertie—. Díselo, Linda —le imploró—. Dile lo que piensas ahora de ella.

Linda tiró su cristal y su salvia a la zanja.

Kathy se estremeció, horrorizada pensando en que esto llegaba a su fin, porque la había cagado. Pero Mary no se marchó. Levantó su vuelo sobre la zanja, sobre el lugar donde había acabado con tantas vidas por su ira.

—Pero entonces, me di cuenta de que *eres* la víctima —gritó Linda—. Te mataron, ¿verdad? Te culparon por matar a aquel niño, pero eras inocente. Lo vi en tus ojos aquel día —insistió ella—. Es una de las razones por las que estoy tan segura de que todo esto es por una puta maldición —dijo saltando a la zanja, frustrada.

El espíritu que había frente a ellos retrocedió, mínimamente, pero Kathy lo notó. Linda lo estaba consiguiendo.

—Eras inocente —repitió Linda—. Pero, aún así, ellos

te quemaron. Te odiaron por algo que nunca hiciste. Te condenaron a esta... existencia o lo que sea esto.

Las mejillas de Mary comenzaron a llenarse de lágrimas, pero no dijo nada.

—Oramus ut relinquamus —anunció Bertie—. Has estado atrapada aquí, alimentada por el odio. Descargando tu rabia en esos niños tan inocentes como el niño que te declararon culpable por matar.

Mary flotó hacia arriba para mirar a Bertie a los ojos. Las hojas que flotaban a su alrededor cayeron al suelo. Miró directamente hacia él, con el silbido aún sonando a su alrededor.

Kathy recordó lo que le había dicho del contacto visual. ¿Qué era lo que pretendía Mary? ¿Y si estaba a punto de matarlo? ¿Y si quería matarlos a todos? ¿Había sido esto un terrible error?

El grito ensordecedor volvió a escucharse y, esta vez, Kathy tiró el cristal y la salvia para poder taparse los oídos.

Mary estaba gritando más fuerte, y voló sobre la zanja, sin mirar a Linda. Tenía la mirada fija en el suelo.

Mary siguió gritando y mirando al sitio durante un buen rato, hasta que, finalmente, se calló, todavía mirando el sitio donde había caído Leo.

Nadie se atrevió a decir nada, simplemente se quedaron mirando.

En ese lugar, justo donde Mary estaba mirando, apareció una figura translúcida de un niño pequeño. Tenía la misma apariencia onírica que Mary. Otro espíritu. Llevaba puesto un sombrero, y sus pantalones estaban amarrados con tirantes sobre una ancha camisa blanca de manga larga. Tenía una herida sangrando en la cabeza. A pesar de ello, abrió los ojos.

—¿Qué cojones? —susurró Alan.

—Shh —le calló Bertie.

—Mire, se los está llevando —apuntó Linda.

Mary le ofreció la mano y el niño la cogió.

Después, en el mismo sitio, apareció otro espíritu de niño. También llevaba una gorra plana, pero su ropa era oscura y estaba sucia. Cubierta en, lo que parecía ser, carbón. Él también abrió sus ojos y cogió la mano de Mary.

Entonces Kathy se dio cuenta.

—Nunca quiso hacerles daño. Quiso salvarlos —dijo mientras se le rompía la voz—. No confiaba en que nadie del pueblo pudiera cuidar de sus hijos, así que se los llevó ella. Para mantenerlos a salvo —se le escapó un llanto de dolor cuando pensó en Leo. Claro que lo iba a mantener a salvo. Mary se lo había arrebatado, todo basado en esta... mentira—. Era mío —dijo en un sollozo.

Pero Mary no se molestó en mirarla.

—¿Ya está? —susurró Alan—. ¿Se está marchando para siempre?

—Creo que finalmente está tomando lo que siempre quiso —murmuró Bertie—. Ha estado esperando para llevarse a estos niños. Esperando reunir tantos como pudiera. Y, ahora que lo ha hecho, por fin se va.

Uno por uno, las figuras de los niños aparecieron y subieron, cogiendo la mano de los otros niños. Docenas de niños salieron de su lugar en el suelo, su ropa cada vez era más moderna. Como si fueran niños que hubieran muerto más recientemente.

Linda cayó de rodillas y dejó escapar un chillido cuando uno de los niños apareció, llevaba pantalones cortos blancos y una camiseta estampada. Estiró la mano para tocarlo, pero sus manos atravesaron la figura fantasmal.

Él le sonrió y cogió la mano de otro niño. Formaban una cadena por todo el claro, con Mary en el centro, y los niños cogidos de la mano.

Entonces apareció Leo.

El pequeño cuerpo de Leo apareció en el mismo sitio que Kathy sabía que lo haría. En el mismo sitio del que habían salido todos y cada uno de los otros niños. El mismo lugar que había hecho que a Kathy se le cayera el alma al suelo cuando saltó a ayudarle aquel día.

A pesar de haber visto a Linda hacerlo, Kathy saltó y rodeó a su niño con los brazos, llorando, pero sus brazos lo traspasaron. Como si no estuviera allí.

Pero sí que estaba.

Su sonrisa era tan familiar que sabía que era su niño. Era Leo.

Enseguida, los brazos de Alan la rodearon por los hombros, y juntos, vieron a Leo sonreír a Mary y luego, cuando ella señaló al borde de la zanja, salió arrastrándose. Como si no tuviera ninguna herida en la cabeza. Como si estuviera respirando, jugando a algún tipo de juego macabro todo este tiempo.

Leo le cogió la mano al hijo de Linda.

Mary miró a Linda a la cara, luego a Kathy y a Alan, todos reunidos en la zanja y entornó los ojos.

—¡Discede! —rugió Bertie, para terminarlo todo.

Al sonido de esa palabra, las hojas a su alrededor se

alzaron en vuelo, y Mary flotó, seguida de los niños. Como si las hojas la estuvieran llevando, y ella estuviera llevando a los niños, cada uno cogido a la mano de otro.

El silbido les siguió por el oscuro cielo, desvaneciéndose del lugar, al igual que los niños. Y al igual que Mary.

GRACIAS POR LEER!

Si tú, o algún conocido, ha visto alguna vez un fantasma, o si has escuchado alguna otra versión de la leyenda de Mary Pannell, ¡ponte en contacto conmigo! Me encantaría leer más relatos cortos.

Siempre estoy encantada de escuchar las opiniones de mis lectores sobre mis libros, así que, por favor, déjame tu reseña en Goodreads.

Como autora independiente, las reseñas son muy útiles para mí. ¡Muchísimas gracias por todo tu apoyo!

Para saber más sobre los juicios de brujas en Inglaterra, puedes leer los artículos que he subido a mi página web:

melissamanners.com

Lee mi primera novela, **La Bruja Pannell**,
y la precuela, **Convirtiéndose en la Bruja Pannell**,
ya están disponibles.

Puedes ser una de las primeras personas en saber las noticias sobre mi próximo libro, **La Bruja Witham**, si te suscribes a la lista de difusión de mi página web.

Me gusta mucho escuchar a mis lectores, así que
síigueme:

- **f** facebook.com/melissamannerswrites
- **◎** instagram.com/melissamannerswrites
- **a** amazon.com/author/melissamanners
- **g** goodreads.com/melissamanners

ACERCA DEL AUTOR

Melissa nació y creció en Londres, donde comenzó su obsesión por los libros. Se llevaba un libro a dondequiera que fuese (aún lo hace y, probablemente, lo siga haciendo). Su carrera como escritora empezó a la pronta edad de ocho años cuando escribió su primer "libro": un cuadernillo resumiendo la historia de Perséfone.

Su amor por la mitología griega continuó en su adultez, así como su amor por la narración. Pasó su adolescencia escribiendo fanfics de angustia hasta que encontró NaNoWriMo, competición anual en la que participaba año tras año.

No descubrió su amor por la ficción histórica hasta que cumplió los veinte. El periodo histórico que más le llamó la atención fue el de los juicios de las brujas inglesas, horroroso, pero fascinante. El trato hacia esas mujeres en particular (pero también a otro abanico de personas que veían "diferentes") es lo que quería abordar Melissa con su escritura.

Le encanta adaptar la historia que ha pasado de generación en generación, generalmente transmitida por hombres, y permitir a las historias ser contadas desde un punto de vista diferente. Es una pena que no tengamos muchos registros de esa época, pero a través de la ficción

histórica podemos darles voz a esos miembros recha-
zados de la sociedad.

.

LA BRUJA PANNELL

CAPÍTULO UNO

Kippax, Yorkshire del Oeste, 1593

Elizabeth sabía que Mary estaba escondiendo algo. Desde sus ojos, demasiado preocupados, y su sonrisa fingida hasta su labio mordido y sus manos inquietas; estaba aterrorizada. Pero ella no iba a obligarla a contarle la verdad.

—Podemos ir despacio si quieres, no hay prisa —dijo Elizabeth. Necesitaba calmarla.

—No —la respiración de Mary era rápida y superficial—. Estoy bien.

—Si tú lo dices, sígueme —dijo Elizabeth jadeando. A cada paso tenía que levantar el pie por encima de todas las hojas caídas que cubrían el suelo—. ¿Por qué aquí?

—¿A qué te refieres? —preguntó Mary.

—Cuando te fuiste de Ledston Hall, ¿por qué viniste aquí, al bosque? ¿Por qué no volviste a casa?

Mary se aclaró la garganta. Le estaba costando seguirle el ritmo.

—Pasó algo. Y ahora prefiero no encontrarme con la madre Pannell.

—¿Por qué no? Mi madre te ayudaría. Eres de nuestra familia —no era del todo cierto. Se había unido a la familia Pannell en matrimonio, sin embargo, Elizabeth había nacido siendo una Pannell.

Elizabeth se aflojó un poco el moño de su nuca. Con ese calor llegaba a picar, y no necesitaba ser Eli ahora mismo.

—Es complicado —murmuró Mary.

Bajo la fina capa de hojas secas, el suelo estaba húmedo y embarrado. Con cada paso, Elizabeth tenía que despegar su pie del suelo y dejarlo caer frente a ella con un chapoteo. Había muchas raíces alrededor y le preocupaba que Mary tropezara. No paraba de mirar hacia atrás para comprobar que seguía bien.

—¿Necesitas que vaya más despacio? —le preguntó.

Mary no respondió.

Era un día soleado y subir por un terreno tan escarpado, tan rápido como podían, era muy agotador. Mary estaba andando despacio, pisando en las huellas que dejaba Elizabeth. Lo cual agradecía ya que no quería que se tropezara.

—¿Qué paso en Ledston Hall? ¿Qué te ha afectado tanto? —preguntó Elizabeth.

Mary estaba empapada en sudor, su cara estaba roja e irritada. Había estado llorando. ¿Qué habría pasado en la casa?

—Por favor, contéstame —Elizabeth lo volvió a intentar.

—Estoy bien —dijo Mary forzando una sonrisa, y siguió caminando.

Había algo que le preocupaba. Mary cerró los ojos e inspiró. Elizabeth hizo lo mismo, dejando entrar el reconfortante olor a tierra del bosque y escuchando el canto de los pájaros.

Elizabeth paró en un pequeño claro protegido del sol por un círculo de árboles altos. Era un sitio perfecto para sentarse por todas las raíces que sobresalían del suelo. Hacía años que no había ido por allí, pero ella no podría olvidarlo.

Mary se inclinó hacia delante poniendo sus manos sobre sus rodillas, jadeando.

—Siempre me encantó este sitio —se limpió el sudor de la frente y se quitó la gorra— Es tranquilo y alejado.

Las únicas personas que vivían cerca eran ellas y la madre Pannell en las cabañas que había en la linde del bosque.

—Madre me solía traer a nadar aquí —dijo Elizabeth. Cogió de la mano a Mary y la llevó a la orilla del lago—. ¿Recuerdas haber venido conmigo?

—Claro —dijo Mary después de recobrar el aliento —. Aquí es donde solíamos... —sus mejillas se sonrojaron de la vergüenza y clavó su mirada en el suelo. Elizabeth se acercó y le pasó un mechón de su pelo por detrás de la oreja.

—Siéntate aquí. Intentemos relajarnos y olvidarnos de todo —Elizabeth, poniendo una mano en su espalda, también se sentó. Luego se enrolló los pantalones, se quitó los zapatos y metió los pies en el agua. Empezó a chapotear con sus pies, primero con uno, luego con el otro, salpicando un poco de agua.

—¿No está fría? —preguntó Mary.

—Compruébalo tú misma —dijo Elizabeth mientras le indicaba que se sentara junto a ella con unas palmaditas en el suelo.

Mary dejó escapar un pequeño grito justo cuando sus pies tocaron el agua, pero aun así los hundió.

—Vaya, qué bien sienta. Mis pies están tan doloridos de la caminata hasta aquí... —Mary caminaba bastante casi todos los días y eso que no era una jovencita. Suspiró y apoyó su cabeza en el pecho de Elizabeth.

Ella sonrió y la besó en la cabeza, que tenía en una posición perfecta. Le soltó a Mary su larga y negra melena y dejó que cayera sobre sus hombros. Por fin, Mary se había tomado un momento para relajarse.

—Bueno, ¡vamos a tomar un baño! —dijo Elizabeth, que se levantó y empezó a desnudarse.

—¡No! ¡Está muy fría! —dijo Mary.

—¡Aún estás sudando de la caminata! Venga, bañémonos juntas —dijo Elizabeth tirando sus pantalones junto a una rama cercana y desabrochándose su camisa de lino.

—¡Hay veces que me haces sentir como una niña! —dijo Mary mientras su respiración cada vez se aceleraba más.

Elizabeth sonrió. Pasó sus dedos por su pelo y movió su cabeza de un lado a otro.

Mary la estaba viendo, pero evitaba mirarla directamente. Ella también sonrió y puso su falda de lana sobre la misma rama.

—¡Venga, vamos! —gritó Elizabeth.

Los ojos de Mary se abrieron de par en par mientras observaba las largas y desnudas piernas de Elizabeth. El oscuro y denso bello de la parte baja de sus piernas era más escaso en sus rodillas y espeso en sus muslos. Mary respiró hondo y se desabrochó su corpiño.

—¿Preparada? —dijo Elizabeth justo antes de correr hacia el lago y sumergirse.

El frio le golpeó rápidamente y se alegró de no haberse metido poco a poco. Desapareció bajo la superficie, dejando que el agua cubriera su cabeza, y salió con un grito.

—Está fría el agua, ¿verdad? —Mary se había desvestido, pero ahora estaba paseándose rodeándose el cuerpo con sus brazos, nerviosa.

—No —mintió Elizabeth, nadando hacia el otro lado del lago.

—Creo que me meteré solo un poco —Mary se sentó en la orilla del lago y metió sus pies en el agua.

Elizabeth cogió aire y buceó hasta Mary. Le rozó sus dedos del pie con sus manos mientras llegaba a la superficie y sacó su cabeza del agua.

Mary dio un grito ahogado. Siempre pretendía que no tenía cosquillas, pero Elizabeth la conocía demasiado bien.

—¡Sorpresa! —dijo Elizabeth saliendo del agua de un salto y envolviendo a Mary con sus brazos.

—Elizabeth, está fría —dijo Mary entre risas—. Vamos a secarnos al sol antes de que se vaya —la expresión de Mary se oscureció de nuevo. ¿Qué estaba ocultando?

Mary la distrajo de sus pensamientos con un beso en la mejilla.

—Ven aquí —dijo dando palmaditas a su lado en el suelo, luego cogió sus enaguas de lino y las extendió sobre ellas dos, cubriéndose del viento. Se echaron en la orilla del lago, sobre la hierba, para secarse.

Elizabeth se estremeció. Se le puso la carne de gallina en las piernas. La hierba estaba cálida del sol y le calentaba su dolorida espalda.

—Me encanta esto —dijo Mary.

—Y a mí —Elizabeth acarició la oscuro, húmedo y ya algo plateada melena de Mary—. Ojalá no tuviéramos que volver a Ledston Hall.

—Pero te gusta trabajar allí, especialmente como Eli —le dijo Mary, que se puso rígida.

—Solo porque no me hacen cocinar ni limpiar no significa que no siga siendo una criada —contestó Elizabeth mientras enrollaba un mechón de pelo de Mary en su dedo.

—¿Qué otra cosa te gustaría ser? —preguntó Mary.

—Olvídalo, vamos a quedarnos un rato aquí tumbadas y ya está —dijo ella cerrando sus ojos. Elizabeth no tenía una respuesta para esa pregunta.

El murmullo del agua sobre las rocas y chocando en la orilla le pusieron los pies sobre la tierra en ese instante. Mary se acomodó de nuevo a su lado dejando caer su cabeza sobre el pecho de Elizabeth. Se estaba mucho más calentita con Mary así de cerca. Poco después, ambas se quedaron dormidas.

. . .

SE ESCUCHÓ una rama partirse detrás de ellas. Elizabeth abrió los ojos de repente. Tiritaba, ya no había sol. La oscuridad les envolvía en su pequeño claro. Mary ya estaba despierta. Alejó a Mary de ella y se sentó recta. Su mente iba a toda velocidad, evaluando todas las posibilidades. Probablemente no fuera nada, un conejo que se había asustado al verlas.

Un caballo relinchó en la distancia. ¿Quién sería? Los aldeanos no solían viajar hasta tan lejos. Quizá era un caballo salvaje, ¿o un grupo de caballos salvajes?

Un chasquido aún más fuerte sonó justo detrás de ellas. Tenía que estar mirando hacia ellas, fuera lo que fuese.

—Rápido, vístete —susurró Elizabeth a Mary—. No hagas ningún ruido.

Mary hizo lo que le dijo y mientras se vestía, Elizabeth echaba un ojo. Estaba intentando ver qué o quién era lo que había cerca, pero en un bosque tan denso era imposible ver algo tan lejano.

—Date prisa —insistió Elizabeth, que también cogió su ropa del montón sin quitar sus ojos de los árboles desde donde se habían escuchado las ramas romperse.

Estaban ya medio vestidas cuando apareció un hombre. Mary vestía su enagua y Elizabeth llevaba su camisa.

—Ejem —dijo, aclarándose la garganta.

Mary se agachó y cogió su falda para cubrirse el cuerpo. El hombre era más joven que ellas, probablemente estaba en sus treinta. El sonido de las pisadas hizo que Mary mirara alrededor, viendo que había diez hombres esperando y mirándolas.

—No te preocupes —le dijo Elizabeth a Mary—. Saldremos de esta, vístete.

Los ojos de Mary se abrieron de par en par.

—Mi nombre es... —empezó a decir el hombre.

—Discúlpeme —le interrumpió Elizabeth hablando alta y claramente—, solamente nos estábamos dando un baño en el lago. Denos un segundo de privacidad para vestirnos.

—Ah, sí. Supongo que sí —balbuceó él, no estaba acostumbrado a que una mujer le fuera tan directa. Hizo un gesto a los demás hombres, que se volvieron.

Mary se puso su corpiño y su pesada falda de lana. Elizabeth se limpió de barro sus pies. Tenía pequeñas motas de barro pegadas en el vello de sus piernas, así que se las limpió como pudo. Se puso sus pantalones y ambas se pusieron los zapatos.

—¿Quiénes son estos hombres? —susurró Mary, con la respiración acelerada— ¿Por qué están aquí?

—No te preocupes. Sea lo que sea, estaremos bien.

—Elizabeth, creo que esto es por mi —las mejillas de Mary se enrojecieron, más por ira que por vergüenza—. Pero tienes que confiar en mí. No he hecho nada malo.

Mary justo acababa de tirar de su capa cuando los hombres se dieron la vuelta.

—Ejem —el hombre que habló antes miró con desaprobación a Mary—. Soy Sir Henry Griffith de Burton Agnes, juez de paz y alguacil mayor —vestía una chaqueta roja y muy ajustada que combinaba con sus pantalones, que estaban metidos en unos calcetines blancos. Sus ropajes lo diferenciaban del grupo, vestido de civil, que se encontraba tras de él.

Los ojos de Mary se llenaron de lágrimas, estaba asustada. Elizabeth le negó con la cabeza. Mary contuvo su aliento para calmarse.

—Vengo a arrestar a Mary Pannell, anteriormente apellidada Tailor, por sospecha de brujería.

Los ojos de Mary se abrieron de par en par y dejó salir un grito ahogado involuntariamente.

—Quédate detrás de mí —dijo Elizabeth en voz baja mientras se ponía delante de Mary.

Henry se sacó un pergamino enrollado del bolsillo de su chaqueta y frunció el ceño mientras leía:

—Se le acusa de hechizar a Sir William Witham, de Ledston Hall, arrastrándolo a su cama y embrujándolo hasta su muerte.

Mary suprimió un sollozo.

—No —Elizabeth negó enérgicamente con la cabeza—. ¡No! ¿Por qué dice esas cosas? Se ha equivocado, Mary no haría eso.

—Por la presente, queda detenida. Será encarcelada e interrogada durante tres días, en los cuales trataremos de hacer que confiese y acto seguido, la llevaremos a juicio.

Elizabeth se volvió, pero Mary evitó mirarla a los ojos. No podía aguantarlo más. Sollozaba, una cascada de lágrimas caía por sus mejillas. Elizabeth le apretó la mano.

—Mary, díselo —apretó los dientes, intentando mantener la calma—. Diles que se equivocan de persona. Yo sé que tú no lo hiciste.

—Lo siento —le clavó las uñas a Elizabeth en la palma de su mano—. Pensé que no nos encontrarían

aquí —las palabras se le entrecortaban con sus sollozos
—. Soy inocente. Lo prometo.

Henry asintió a dos de sus hombres, que se acercaron a Mary y la cogieron por los hombros. Alejándola de Elizabeth.

—¡Parad! —gritó Elizabeth. Le dio un codazo en el pecho al hombre que estaba junto a ella, que se dobló del dolor— Soltadla.

Un hombre cogió a Elizabeth por detrás y la tiró contra el suelo.

—¡Dejadla en paz, no tiene nada que ver con esto! —gritó Mary.

—¿Mary? ¡Mary! —Elizabeth intentó levantarse, pero el hombre mantuvo su pie firmemente sobre su espalda, enterrando su cara en el barro, no se podía mover. Ni siquiera pudo ver cómo se la llevaban.

¡Para seguir leyendo, consigue ya tu copia de
La Bruja Pannell aquí!

www.ingramcontent.com/pod-product-compliance
Lightning Source LLC
Chambersburg PA
CBHW050849180626
46814CB00007B/2693